秘密のお部屋

葉月奏太
Souta Hazuki

イースト・プレス 悦文庫

目次

秘密のお部屋

プロローグ

ここは北陸地方の港町にある大衆食堂だ。

店主の親父《おやじ》とその娘がふたりで切り盛りしており、お世辞にもきれいとは言えないが、漁師たちでそこそこ賑《にぎ》わっている。

永森孝太《ながもりこうた》はわけあって、明日一日、この食堂で働くことになった。

二階の空き部屋をあてがわれて、ベッドで横になっている。だが、目が冴《さ》えて眠れない。日本海の荒々しい波の音を聞きながら、月明かりが射《さ》しこむ窓をぼんやり眺めていた。

一服しようと起きあがり、ベッドに腰かける。脱ぎ捨ててあったブルゾンのポケットを探るが、ちょうどタバコを切らしていた。

「チッ……」

空のパッケージを握りつぶして立ちあがる。板張りの床が軋《きし》んで、ミシッという小さな音が響いた。

借りたスウェットの上にブルゾンを羽織る。

田舎町なのでコンビニはないかもしれない。だが、タバコの自動販売機くらいはどこかにあるだろう。なけなしの金をすべてタバコに使うつもりだ。親父と娘が寝ているので、足音に気をつけながら部屋を出る。

すると、隣室から明かりが漏れていた。

引き戸がわずかに開いており、光が細いすじとなって廊下に伸びている。そこは娘の部屋だ。尾畑友絵《おばたともえ》、確かそんな名前だったと思う。

——わたしの部屋は隣だから、なにかあったら声をかけてくださいね。

家のなかを案内してもらったとき、そう言っていた。

三十二歳なので、孝太の五つ年上だ。はっとするほど整った顔立ちをしているが、気取ることなく元気いっぱいに働く姿に好感が持てた。おそらく、彼女目当ての客も多いのではないか。

(俺には関係ないけどな……)

孝太は心のなかで吐き捨てた。

そのまま部屋の前を通りすぎようとしたとき、視界の隅に肌色のものがチラリと映った。

「はンンっ」

ため息にも似た微《かす》かな声が耳に届いた。

なんとなく引き戸の隙間《すきま》に視線を向ける。すると、そこには驚愕《きょうがく》の光景がひろがっていた。

（なっ……）

危うく声が漏れそうになり、ギリギリのところで呑《の》みこんだ。

部屋のなかは豆球のオレンジがかった光で照らされている。右奥の壁ぎわにベッドがあり、裸の女が横たわっていた。

ちょうど足もとから見あげる角度だ。下肢をしどけなく開いており、右手を股間に伸ばしている。恥丘にそよぐ漆黒の陰毛に手のひらを重ねて、白くてほっそりした中指を割れ目に這《は》わせていた。

左手は剝き出しの乳房にまわされている。白くて大きな柔肉に指をめりこませて、ゆったり揉《も》みあげていた。

（こ、これは……）

孝太は思わず足をとめて凝視する。

ベッドで仰向《あおむ》けになっているのは友絵に間違いない。睫毛《まつげ》を伏せており、うっとりした表情を浮かべている。半開きになった唇からは、乱れた吐息が絶えず漏れていた。

「ンぁっ……」

右手の中指で割れ目をそっと撫《な》であげる。とたんに女体が震えて、甘い声が溢《あふ》れ出した。

サーモンピンクの陰唇は愛蜜で濡れそぼり、ヌラヌラと妖《あや》しげな光を放っている。指を動かすたび、白い内腿《うちもも》に艶《なま》めかしい痙攣《けいれん》が走り、新たな汁が大量に湧《わ》き出して周辺を濡らしていく。

食堂で働いているときは潑剌《はつらつ》とした女性だった。漁師たちを相手に笑顔を振りまいていたが、今は発情した女の表情を浮かべている。乳房を揉む手に力が入り、桜色の乳首を指先でキュッと摘まみあげた。

「あンっ」

またしても甘い声が溢れて、腰が右に左にくねりはじめる。

見てはいけないと思うが、もう視線をそらすことはできない。孝太はその場に立ちつくして、自分を慰める友絵の姿を見つめていた。

まさかのぞかれているとは知らず、行為に没頭している。眉《まゆ》をせつなげに歪《ゆが》めて、指先で割れ目を撫であげる。左手では乳房を揉み、硬くなった乳首を指先で転がしていた。

（うっ……）

孝太は股間の疼《うず》きを覚えて前屈《まえかが》みになる。

女体を目にするのは久しぶりだ。忘れかけていた欲望が燃えあがり、ペニスに血液が流れこんでいた。

「ま、護《まもる》……ああっ、護っ」

友絵の唇から男の名前が紡がれる。

愛《いと》しい男を心に思い浮かべているのかもしれない。恋人なのか、それとも片想いの相手なのか。いずれにせよ、男の名前を口走ったのをきっかけに、股間を這いまわる指の動きが激しさを増していく。

「あっ……あっ……」

指先が割れ目の上端に移動して、小刻みに動きはじめる。

陰核を集中的に刺激しているのは間違いない。さらに乳首も強く摘まんで、背中を大きく仰《の》け反らせた。

「はあああンッ」

いっそう艶めかしい声が溢れ出す。

友絵は快楽だけを追い求めて、指を動かしつづけている。陰核と乳首を同時に刺激することで、全身が震えるほど感じていた。

「も、もっと、お願い……」

男に愛撫《あいぶ》されているところを想像しているのだろうか。懇願するようにつぶやきながら身体をくねらせる。華蜜の量が増えており、指を動かすたびに湿った音まで響きはじめた。

「あっ……あっ……も、もうっ」

友絵の喘《あえ》ぎ声が切羽つまる。

最後の瞬間が迫っているのかもしれない。そう思った直後、友絵の顎が跳ねあがり、両脚がつま先までピーンッと伸びきった。

「あああッ、い、いいっ、あンンンンンンッ！」

必死に下唇を嚙《か》みしめるが、くぐもったよがり泣きは廊下にも響いている。友絵が達したのは間違いない。女体が感電したように震えて、陰唇の合わせ目から大量の華蜜が溢れ出していた。

もう、タバコを吸う気はすっかり失せている。

ペニスがいきり勃《た》ち、スウェットパンツの前が思いきり張りつめていた。すっかり遠ざかっていた感覚を思い出して、とまどいを覚えている。これほど昂《たかぶ》るのは、いつ以来だろうか。

孝太は足音を忍ばせて部屋に戻ると、ベッドで横になった。

しかし、乱れた友絵の姿が瞼《まぶた》の裏に焼きついて離れない。毛布を頭からかぶると、燻《くすぶ》る欲望を無視して無理やり目を閉じた。

第一章　酔いにまかせて

1

この日も孝太は歩いていた。

国道なのか県道なのかもわからない。車の通りが極端に少なく、歩行者はしばらく見ていない。見わたす限り林がつづく淋《さび》しい道だ。荒《すさ》んだ心に追い打ちをかけるように、冷たい風が吹き抜けていく。

日が傾きはじめたことで、さらに気温がさがっている。疲労の蓄積した体に寒さが応《こた》えた。

気づくと十一月になっていた。

東京を逃げ出したのは夏になる前だったので、かれこれ四カ月は放浪していることになる。列車に飛び乗り、見知らぬ街で気ままに降りた。行き先もわからないバスに乗ることもあれば、延々と歩く日もあった。

無精髭《ぶしょうひげ》が生えており、髪の毛はボサボサだ。何日も風呂に入っておらず、皮膚もカサついていた。

手にしている荷物はなにもない。薄汚れたブルゾンのポケットに財布とスマートフォン、それにタバコと使い捨てのライターが入っているだけだ。

東京を出たときはボストンバッグを持っていた。着がえなど必要最低限の物を入れていたが、どこかの飯場で目を離した隙に盗まれた。あの手の場所で盗難は日常茶飯事だ。自分の間抜けさに呆《あき》れて探す気も起きなかった。

（まさか、この俺が……）

ふと苦笑が漏れる。

大学を卒業して就職すれば安泰だと信じていた。それなのに、二十七歳で無職になるとは思いもしなかった。ましてや日雇い労働をしながら当て所《ど》のない旅をするなど、想像すらしたこともなかった。

孝太は岐阜県の山間にある町で生まれた。

コンビニは一軒もなく、信号機も数えるほどしかない辺鄙《へんぴ》な場所だ。長閑と言えば聞こえはいいが、孝太は退屈でたまらなかった。なにより、閉鎖的な雰囲気が苦手だった。

なにか変わったことがあれば、その日のうちに村中に噂《うわさ》がひろがる。隠しごとなどいっさいできない。基本的に詮索《せんさく》好きで、他人のことに口を出したがる人が多かった。

いつからだろうか。生まれ育った町を忌み嫌うようになったのは。

小学校高学年のときには、せせこましい田舎を抜け出して、華やかな都会で成功したいと思うようになっていた。

しかし、孝太の父親は町議会を務めた地元の名士だ。町のためにつくすのが当たり前だと思っている。そんな厳格な父親を納得させるには、東京の大学に進学するしかなかった。

明確な目標ができたことで、いっそう勉学に励んだ。

孝太は幼いころから賢く、秀才としてまわりからも期待されていた。地元では神童と言われて、その気になっていた時期もあった。全国模試の成績も上位で自信に満ちあふれていた。

東京に行っても通用すると思っていた。いや、通用しないことなど考えもしなかった。

そして、現役で第一志望の大学に合格した。町の人たちが口々に祝福してくれて、父親もめずらしく喜んでいたが、孝太自身は冷静だった。大学に合格するくらい当然だと思っていた。

ところが、そこから人生の歯車が狂いはじめる。

意気揚々と上京したが、東京の大学には自分より優れた人がたくさんいた。田舎ではあれほど持てはやされていたのに、東京では凡人だった。流行の服を着てチャラチャラしたやつが、自分よりはるかに成績がいいのだ。神童とまで呼ばれた孝太にとって、それは耐えがたい事実だった。

ふと潮の香りが鼻先をかすめた。

鉛のように重くなった足を引きずるようにして、とぼとぼ歩きつづける。すると、林を抜けて目の前に海がひろがった。

おそらく北陸地方の日本海だ。

錆《さび》の浮いたガードレールの向こうに、コンクリート製のテトラポッドが積まれている。波打ちぎわを埋めつくしており、同じ景色がはるか彼方《かなた》までつづいていた。

孝太は潮風が吹きつけるなかで立ちどまった。

日本海は夕日で赤く染まっている。波が勢いよく打ち寄せるたび、水飛沫《みずしぶき》が高く舞いあがる。霧状になってキラキラ輝くが、それはほんの一瞬のことで、すぐに儚《はかな》く消えていく。

波がうねる大海を眺めていると、己の小ささを実感した。

(結局、俺は……)

井のなかの蛙《かわず》だったということだ。

上京したころは、若くて認めることができなかった。でも、今ならわかる。自分などただの田舎者で、世間知らずなだけだった。

悔しさにあがいた時期もある。がむしゃらに勉強して、大学で自分の居場所を確保しようとした。しかし、どんなに必死になっても、まわりから認められることはなかった。

はじめての挫折だった。

どうやっても勝てない相手がいる。勉強だけではない。田舎では名士の家に生まれて一目置かれていたが、東京ではまったく通用しなかった。

もっと強大なコネや金のある家で育った連中がいくらでもいる。血の滲《にじ》むような努力をしたところで、孝太など足もとにも及ばない。いい大学に入ったばかりに、なおさら劣等感は強くなった。

がんばっても無駄だと悟ってからは、勉学への意欲が消え失せた。

なにを目指せばいいのかわからず、部屋に閉じこもりぎみになった。そうなると、どんどん卑屈になっていく。これまでの反動もあり、すっかり腑《ふ》抜《ぬ》けになってしまった。

だらけた学生生活を送ったが、かろうじて大学は卒業した。

しかし、田舎に戻る気はなかった。東京で挫折したが、なにもない生まれ故郷が嫌いなことに変わりはない。父親には戻ってくるように言われたが、しばらく都会で自分の力を試したいと説得した。

とりあえず、名前の知れた商社に就職できた。ところが、正当に評価されていない気がして不満が募り、すぐに辞めてしまった。再就職先はすぐに見つかったが、どうしてもつづかない。同じことのくり返しだった。

はじめての挫折を経験して、すっかり負け癖がついていた。

努力が必ずしも報われるわけではないと知ってしまった。コツコツやることが無駄に思えてならず、忍耐力がなくなっていた。田舎で持てはやされていたころとは、まるで別人だった。

仕事が変わるたび、実家に報告だけはしていた。

しかし毎回、父親に電話口で怒鳴られて嫌気が差してきた。昔気質《むかしかたぎ》の堅物なので、もともと転職自体にいい印象を持っていない。しかも、孝太はすぐに辞めてしまうので、父親はすっかり落胆していた。

いつしか電話もしなくなり、疎遠になっていった。たまに母親からスマホに着信はあるが、無視していた。次の仕事が見つかるまでの期間が空くようになり、やがて家賃を払えなくなった。家財道具を売り払うが、収入が途絶えているので焼け石に水だ。

ついにアパートを追い出されて、放浪の生活がはじまった。

漫画喫茶に泊まったり、飯場に寝泊まりして工事現場で働いたり、公園や高架下で夜を明かしたこともある。そして、日雇い労働の現場を転々としながら、いつの間にか北陸地方に流れてきた。

成功するつもりで東京に乗りこんだが、見事なまでに砕け散った。

それからというもの、なんの目的もない人生を送っている。よくよく考えてみれば都会に憧《あこが》れていただけで、具体的な目標はなにもなかったのだ。ただ田舎を離れたいだけだった。

流れに流れて、なぜか今は日本海をぼんやり眺めている。この先いったい、どこに向かうのだろうか。

錆だらけのガードレールに両手をつき、なんとなく眼下のテトラポッドに視線を向ける。打ち寄せる波がコンクリートの突起の隙間を抜けて、間歇泉《かんけつせん》のように噴きあがった。

複雑に重なったテトラポッドの間に落ちると、抜け出すのは困難だと聞いたことがある。まるで挫折の呪縛に囚《とら》われた自分のようではないか。いっそ、あの暗い隙間に身を投じてしまおうか。

(でも、まだ……)

歩く気力は残っている。

行き倒れになるのは構わない。だが、自ら命を絶つのは違う気がする。すべてを失ったが、ちっぽけなプライドの欠片《かけら》が胸にある。落ちぶれたすえに自殺して、新聞の片隅に載るなど耐えられない。せめて地の果てまで歩きつづけて、誰にも知られず野垂れ死ぬつもりだ。

ふと顔をあげると、海沿いにつづく道路の先に小屋が見えた。

日も暮れかけているので、そろそろ寝場所を確保しなければならない。とりあえず、小屋を目指して歩きはじめた。

遠いとは思ったが、想像していた以上だった。

2

小一時間ほど潮風に吹かれつづけて、体の芯《しん》から冷えきっている。膝《ひざ》がガクガク震えており、頰《ほお》は感覚がなくなっていた。

小屋だと思っていたのは食堂だった。

ガラスがはめこまれた引き戸の上に「あさがお食堂」と書かれた看板がかかっていた。海をチラリと見やれば、漁船がたくさん停泊している。どうやら、ここは港町らしい。

あたりは薄暗くなっており、食堂の窓から漏れる明かりが暖かそうだ。食器の触れ合う音や笑い声が聞こえる。久しぶりに人の気配を感じて、安堵《あんど》している自分に驚いた。

(俺は、まだ生きたいのか……)

自分自身に呆れながら心のなかでつぶやく。しかし、頰が凍りついたように固まり、苦笑を漏らすこともできなかった。

とにかく、冷えきった体を温めたい。

震える指で引き戸を開き、店内にふらふらと足を踏み入れる。味噌汁《みそしる》と石油ストーブのにおいがして、暖気が全身を包みこんだ。その直後、目眩《めまい》を起こして足もとがふらついた。

「おい、戸を閉めろよ。寒いだろうが」

男の荒々しい声が聞こえる。

だが、孝太は振り返る余裕もない。目眩がつづいており、懸命に両足で踏ん張るだけで精いっぱいだ。気を抜くと倒れそうで、戸を閉めるどころか声すら出せなかった。

「大丈夫ですか」

やさしげな女性の声が聞こえて、腰に手がまわされる。服の上からそっと支えられると、それだけで安心感がひろがった。

「冷たい……こんなになるまで、なにかあったんですか」

声をかけられても答えられない。孝太は誘導されるままに歩いて、椅子《いす》に腰かけた。

「すぐに温かいお茶を出しますね」

震えながら待っていると、すぐに湯飲み茶碗《ぢゃわん》が出てくる。

両手で包みこむようにして持てば、温かさがじんわり伝わった。ほうじ茶をひと口、ふた口と飲んでいるうちに、ようやく目眩が治まった。

あらためて店内に視線を向ける。

外観は木造の小屋だが、なかは意外と普通の大衆食堂だ。潮風をもろに受けるため、外装の傷みが早いのかもしれない。

孝太が座っているのはカウンター席だ。六つあるうちの左端で、残りの席は空いている。背後には四人がけのテーブル席がふたつあり、どちらもむさ苦しい男たちで埋まっていた。

先ほど寒いと言ったのは、このなかのひとりだろうか。全員、目つきが悪いうえ、日に焼けてまっ黒だ。もしかしたら、漁師たちかもしれない。それなら、この荒々しい雰囲気もわかる気がした。

誰もが探るような目で、孝太のことをジロジロ見ている。

放浪生活を四カ月もつづけていれば、身なりは汚くなるし、荒んだ心が顔にも出る。無精髭が生えており、髪の毛もしばらく洗っていないのでボサボサだ。好奇の目を向けられることも多いが、今ではすっかり慣れている。とはいえ、ここまでありさまに見られるのはめずらしい。

「兄ちゃん、どこから来たんだい」

唐突にいちばん年上と思われる男が口を開いた。

人なつっこく話しかけてきたわけではない。詰問するような口調だ。嗄《しわが》れた声で尋ねて、こちらの出方をうかがっている。

（そういうことか……）

男の態度ですぐにピンと来た。

田舎特有のよそ者に対する警戒心だ。見知らぬ男が現れたことで、そこにいる全員が身構えていた。

孝太も辺鄙な町で生まれ育ったため、彼らの気持ちはよくわかる。よその町から来た者は災いをもたらすと聞いていた。今は迷信だと理解しているが、実際に自分がそんな目を向けられるといい気はしない。

「おい、兄ちゃん、聞こえねえのか」

「ちょっと、いきなり失礼でしょう」

男が声を荒らげた直後、女性の声が店内に響きわたる。

近すぎて気づかなかったが、先ほどの女性がすぐ隣に立っていた。孝太より少し年上だろうか。焦げ茶のスカートに白いブラウスを着て腕まくりしている。その上に胸当てのあるデニム地のエプロンをつけていた。

「うちのお客さんなんだから、からまないでください」

女性が一喝すると、とたんに男はばつが悪そうな顔になる。ほかの連中も視線をそらして、カップ酒を口に運んだ。

「まったく、友絵ちゃんには敵《かな》わねえや」

年長の男はなにやらブツブツ言っているが、それ以上、孝太にからむことはなかった。

孝太は思わず女性を見あげた。

どうやら、彼女は友絵という名前らしい。荒くれ男たちを前にしても、一歩も引く様子がなかった。

黒髪をゴムでまとめており、肌は抜けるように白い。腰に手を当てて男たちを見まわす瞳は鋭いが、どこか惹《ひ》きつけられるものがある。鼻すじがスッと通っており、顔の造形は彫刻のように整っていた。

「ごめんなさいね。梶原《かじわら》さんたちも悪気はないんです」

友絵が申しわけなさげにつぶやく。

年長の男は梶原というらしい。孝太がよそ者だとわかっているのに、友絵の瞳は梶原たちと違ってどこまでもやさしかった。

「ここは田舎だから、外から来る人がめずらしいの」

「ええ、わかります……」

視線が重なり、孝太は思わず視線をそらした。

「なんとなくですが」

慌ててつけ足したのは、自分が田舎者だと知られたくないからだ。しかし、口走った直後に、つまらないことを言ったと思う。見栄を張っている自分が恥ずかしくなった。

「俺はこれで……」

立ちあがろうとすると、肩に手のひらがそっと重ねられた。

「うちは食堂です。なにか食べていってください」

友絵にそう言われてはっとする。

お茶だけ飲んで、なにも注文せず帰るのは失礼ではないか。財布には最後の千円札が残っているはずだ。どうせなら、親切にしてもらったこの店で使いはたそうと思った。

日雇いの仕事が見つかれば、数日は生きながらえる。見つからなければ、いよいよ終わりになるかもしれない。そう考えると、これが最後のまともな食事になる可能性もある。

「それでは……」

壁に貼《は》ってある短冊状のメニューに視線を向ける。

驚くほど大量の定食やラーメン、一品料理の名前が並んでいた。本当にこれだけの料理を作れるのだろうか。

「なに迷ってんだ。この店がはじめてなら、鯛《たい》ままを食えよ」

横から口を挟んだのは梶原だ。

「鯛まま……」

「白飯に鯛を載せて、出し汁をぶっかけた漁師飯よ。ヒデさんの鯛ままは最高なんだ」

梶原の言葉に、ほかの客たちも無言で頷《うなず》く。どうやら、この食堂で人気の料理らしい。

「じゃあ、それを……」

孝太は友絵に向かってつぶやいた。正直なところ、腹が満たされるのならなんでもいいという気持ちもあった。

「お父さん、鯛まま一丁ね」

友絵がカウンターの奥に向かって声をかける。

「あいよ」

すぐに野太い声で返事があった。

顔をあげると、カウンターの奥に厨房《ちゅうぼう》が見える。そこに白い調理服を着た体格のいい男が立っていた。髪に白いものがまざっており、顔には深い皺《しわ》がたくさん刻まれている。

料理人は友絵の父親で、常連客から「ヒデさん」と呼ばれているようだ。手早く調理をはじめて、友絵がトレーで料理を運んできた。

「お待たせしました。このあたりの郷土料理なの。出し汁をかけて、お召しあがりください」

丼に白いご飯が盛ってあり、そこに鯛の切り身と刻み海苔《のり》が載っている。

孝太は言われるまま、急須に入った出し汁をたっぷりかけていく。すると、鯛の切り身が出し汁の熱でキュウッと縮んで、それと同時に食欲を誘う海苔のいい匂いがふわっと立ちのぼった。

「いただきます……」

割り箸《ばし》を手に取り、口のなかでぼそりとつぶやく。まずは鯛を摘まんで口に運んだ。

(んっ、これは……)

思わず目を見開いた。

新鮮な鯛の旨《うま》みが口のなかにひろがっている。出し汁の絶妙なバランスが、鯛の味を引きあげてるのだろう。生ぐさささはいっさいなく、魚のおいしさだけを強く感じる。

「どうだ、うまいだろう。その鯛は俺たちが獲ったんだ」

背後から梶原の自慢げな声が聞こえる。

確かにうまい。地元だからこそ、新鮮な鯛が食べられるのだろう。食欲が急激に刺激されて我慢できなくなる。孝太は返事をすることなく、丼に口をつけてガツガツとかきこんだ。

鯛の切り身は漬けになっており、白ごまがまぶしてある。ほのかな醤油《しょうゆ》の香りが鼻に抜けるのもたまらない。何度かむせそうになりながらも、あっという間に平らげてしまった。

「父の秘伝の出し汁なんです。いかがでしたか」

友絵がうれしそうに目を細める。

孝太の食べっぷりを見て、満足しているのが伝わったらしい。きっと彼女も父親の料理が大好きなのではないか。言葉の端々から、そんな気持ちがにじみ出ていた。

「うまかったです」

孝太はぼそりとつぶやき、立ちあがる。

長居は無用だ。この店の温かい雰囲気は嫌いではない。だが、同時に居心地の悪さも感じている。所詮、自分はよそ者だ。行く当てもなく、どこまでも流されていくしかない。いずれにしても、夢も希望もない人生だ。今さら誰かと親しくするつもりはない。

「おいくらですか」

友絵に尋ねながらブルゾンのポケットに手を入れる。

(あれ……)

財布がない。

ポケットに入っているのは、スマホとタバコ、それにライターだけだ。立ちあがってチノパンのポケットも探ってみる。しかし、小銭が少々とまるめたティッシュペーパーしかなかった。

どうやら財布を落としたらしい。タバコを吸ったときかもしれない。ダラダラ歩いてきて、どこでタバコを吸ったかなど覚えていなかった。戻ったところで見つけることなど不可能だろう。

「五百円ですけど……」

友絵の不安げな声が聞こえた。

孝太が財布を持っていないことに気づいたのかもしれない。焦りが生じて額に汗がじんわり滲んだ。

このままだと無銭飲食になってしまう。仕事がつづかず情けない生活を送ってきたが、犯罪には手を染めていない。それだけは最低限のラインだと思って、自分のなかで守ってきた。

ポケットのなかの小銭をつかみ、すべてカウンターに出してみる。百円硬貨が二枚と五十円硬貨が一枚、それに十円硬貨が五枚しかない。

(三百円かよ……参ったな)

額に滲んだ汗が玉となり、こめかみを流れ落ちていく。

クレジットカードはまだ使えるだろうか。そう思った直後、財布のなかに入れていたことに気づく。いっしょに落としたのだから、たとえクレジットカードが使えたとしても、どうにもならなかった。

（あっ、そうだ……）

ポケットからスマホを取り出す。

確か電子マネーにチャージした金がわずかだが残っていたはずだ。飯代くらいならあるのではないか。

「電子マネーで……」

「ごめんなさい。そういうのはウチでは……現金だけなんです」

友絵が申しわけなさそうにつぶやいた。

考えてみれば当然のことだ。おそらく孝太の生まれ故郷でも、電子マネーが使える店など数えるほどしかないだろう。それどころか、クレジットカードでさえ使えるかどうか怪しい。この港町も同じに違いない。

「なんかヘンだぞ」

「あいつ、金がないんじゃないか」

背後でささやく声が聞こえる。

テーブル席の男たちが訝《いぶか》り、なにやら身構えるのがわかった。孝太が逃げ出すと思って警戒しているのかもしれない。緊張感が高まり、孝太はますます汗だくになっていた。

「じつは、財布を落としたみたいで……」

正直に告げるしかない。孝太が小声でつぶやくと、背後で誰かが立ちあがる気配がした。

「おい、兄ちゃん、どういうつもりだ」

怒りの滲んだ声は梶原だ。ほかの連中も声こそ出さないが、殺気立っているのが伝わってきた。

「さてはおまえ、最初から食い逃げするつもりだったな。ひと目見たときから、怪しいと思ってたんだ」

「梶原さん、待ってください」

慌てて友絵が間に入る。

孝太は身動きできずに固まっていた。金を持っていないのは事実だ。警察に突き出されても仕方がない。その前に漁師たちに殴り飛ばされるかもしれない。覚悟を決めて目を強く閉じたときだった。

「お父さん、人手が足りないって言ってたわよね」

突然、友絵が厨房に向かって声をかけた。

「そうだな」

一拍置いて、低い声で返事がある。

「皿洗いでもして、それを飯代にあててくれればいい。今日はもう閉店だから明日だな」

「いや、でも……」

孝太が厨房を見やると、ヒデさんは厳めしい顔で頷いた。

「まったく、ヒデさんはお人好しだね」

背後で梶原が呆れたようにつぶやく。納得はしていないようだが、それきり黙りこんだ。

「そういうことなので、明日、よろしくお願いしますね」

友絵はそう言って、柔らかい笑みを向ける。

「勝手に決められても……」

「お代、払えるんですか」

「それは……」

金がないのだから、どうにもならない。孝太はいやとも言えず口を閉ざした。

「とにかく、明日一日は働いてもらいます」

友絵の口調はきっぱりしている。孝太に選択肢はなく、その提案を受け入れるしかなかった。

「ところで、今夜はどこに泊まるのですか」

「それが、まだ……」

ばつが悪くて視線をそらす。今さらだが、落ちぶれた流れ者と思われるのは恥ずかしかった。

「お父さん、こちらの方、泊まるところがないみたい。あっ、ところで、なんてお呼びしたらいいですか」

友絵はそう言ってから先に自己紹介する。

尾畑友絵、三十二歳。あさがお食堂は父親の尾畑英昭《ひであき》が経営しており、彼女は配膳や接客を担当しているという。以前は母親が手伝っていたが、ずいぶん昔に離婚して出ていったらしい。

「お、俺は――」

一瞬、躊躇《ちゅうちょ》するが、孝太も名前と年齢を告げた。

「孝太さんね。よろしくお願いします」

女の人に名前を呼ばれるのは、いつ以来だろうか。たったそれだけで、胸の高鳴りを覚えている自分に気がついた。

（バカだな、俺は……）

思わず心のなかでつぶやく。

こんな状況でなにかに期待しているわけではない。それでも、きれいな女性に名前を呼ばれたことで、浮かれているのは事実だ。そんな自分に呆れて、自己嫌悪に陥った。

「お父さん、いいかな」

「今夜は泊まってもらえ」

友絵が尋ねると、厨房の英昭がすぐに返事をする。孝太の意志とは関係なく、話がどんどん進んでいた。

「決まりですね」

なぜか友絵の声は弾んでいる。そして、いそいそと食器を片づけはじめた。

「おいおい、ヒデさん、大丈夫なのかよ」

梶原が不安げな声をあげた。

それもそのはず、どこの馬の骨かもわからないやつを泊まらせて、明日一日とはいえ働かせようというのだ。孝太自身が驚いている。梶原が心配するのも無理はない。

「大丈夫……娘は人を見る目があるんだ」

厨房の英昭がぼそりと答える。

しかし、梶原やほかの漁師たちは納得していない。孝太が振り返ると、相変わらず探るような目でジロジロ見つめていた。

「なに恐い顔してるんですか」

友絵が間に入って声をかける。いかにも荒くれといった感じの漁師たちを前にしても、物怖《ものお》じすることはなかった。

「気になるに決まってるだろうが」

梶原が不服そうにつぶやく。ほかの男たちも無言で頷いた。

「みなさん、気にかけてくれて、ありがとうございます。でも、お父さんもいますから」

「まあ、そうだけどよ……」

「ほらほら、明日の朝も早いんでしょう。ちゃんと休んでくださいね」

友絵が布巾《ふきん》でテーブルを拭きはじめると、梶原たちは仕方なくといった感じで立ちあがった。

「俺たちは退散するけどよ、友絵ちゃん、本当に気をつけろよ。嫁入り前なんだからよ」

「もう、なに言ってるんですか。心配性なんだから」

友絵の明るい声が店内に響くと、男たちも和んで笑みを浮かべる。そして、会計をすませて、バラバラと帰っていった。

3

「孝太さん、先にお風呂《ふろ》に入ってください」

漁師たちが帰ると、孝太は風呂に入るように勧められた。

「いえ、そこまでお世話になるわけには……」

「遠慮しないでください。もう、お風呂が沸いてますから」

友絵は微笑を浮かべている。

さすがに風呂まで借りるのは図々《ずうずう》しいのではないか。いったんは断ろうとしたが、泊まる以上は清潔にするべきだと思い直す。なにしろ何日も風呂に入っていないので、もしかしたら臭《にお》うのかもしれない。

「こちらにどうぞ」

友絵が家のなかを案内してくれる。

食堂の奥に自宅のリビングとキッチン、風呂場とトイレがあり、二階にあがると、英昭と友絵の部屋が並んでいる。さらに廊下を進んだところにある引き戸の前で立ちどまった。

「孝太さんはここで寝てください。いろいろ物が置いてありますけど、気にしなくていいですよ。今は誰も使っていませんから」

なんとなく含みのある言い方だ。

説明するだけで、なぜか引き戸を開けようとしない。友絵の表情がわずかに曇ったように見えたのは気のせいだろうか。

「わたしの部屋は隣だから、なにかあったら声をかけてくださいね」

友絵はあっさり一階におりていく。

釈然としないが、いちいち質問するのも気が引ける。どうせ明日には出ていくのだ。細かいことはどうでもよかった。

（それにしても、おかしなことになったな……）

勧められるまま風呂場に向かうと、脱衣所で服を脱ぎはじめる。

いつ行き倒れになってもおかしくない状況だったのに、まさか出会ったばかりの人の家で、風呂を借りることになるとは思いもしなかった。

しかし、見ず知らずの男を、家にあげることに抵抗はないのだろうか。孝太が悪人の可能性もあるのだ。梶原たちが心配していたのも当然だ。英昭にしても友絵にしても、人がよすぎる気がした。

裸になると、曇りガラスがはめこまれた古めかしい木製の引き戸を開く。

（これは……）

とたんに孝太は目を見開き、心のなかで唸《うな》った。

尾畑家の風呂は板張りで、何年も帰っていない実家を思い出した。

木製なので、どうしても傷んで黒ずんでくるが、ユニットバスにはない温かみがある。すっかり忘れていたが、上京したばかりのころは味気ないユニットバスが嫌いだった。しかし、我慢して入っているうちに、いつしかそれが普通になっていた。

板の感触が足の裏に心地よい。

さっそく髪を洗って、体も石鹸《せっけん》でしっかり擦《こす》る。無精髭も剃《そ》って、すっきりした。そのあとは熱めの湯船にゆったり浸《つ》かる。数日ぶりの風呂は格別だ。木の温もりに包まれて、危うく寝落ちするところだった。

風呂からあがると、脱衣所に着がえが用意されていた。

新品ではないが、洗濯されたきれいなスウェットの上下だ。サイズを考えると大柄な英昭の物ではない。友絵の物とも思えない。もしかしたら、息子がいるのだろうか。

いずれにせよ、孝太の汚れた服よりずっといい。ありがたく借りて、リビングに向かった。

「お腹《なか》、空《す》いてるでしょう」

友絵が笑顔で迎えてくれる。

テーブルに夕飯が並んでいた。刺身と白いご飯と味噌汁だ。とくに湯気を立てている味噌汁に惹かれる。家庭的な料理に飢えていたのかもしれない。フラフラと歩み寄って椅子に腰かけた。

「どうぞ、召しあがって」

友絵がやさしく声をかけてくれる。

「では……いただきます」

味噌汁をひと口飲むと、心に沁《し》みるようなうまさがひろがった。

先ほど鯛ままを食べたばかりだが、せっかく作ってもらったので遠慮なくいただいた。港町の刺身はさすがに新鮮で、じつに美味だ。

英昭と友絵もテーブルについている。

しかし、英昭は終始むっつりと黙りこんでいた。友絵は明るく振る舞っていたが、なにか違和感があった。

急に赤の他人である孝太が泊まることになったのが、雰囲気を悪くしている原因かもしれない。向かいの席に座っている英昭も、隣の席の友絵も、孝太のことをチラチラ見ていた。

「孝太さんは旅をなさっているのですか」

唐突に友絵が尋ねた。

食後のお茶を飲んでいるときだった。それまでは気を遣っていたのかもしれない。プライベートのことにはいっさい触れなかったのに、いきなり核心を突くような質問だ。

「え、ええ、まあ……」

本当のことを言うわけにもいかず、孝太は曖昧《あいまい》に答えた。

こちらを見つめる友絵の瞳が、やけに真剣に感じたのは気のせいだろうか。英昭は顔をうつむかせているが、話はしっかり聞いているようだ。孝太のことを気にしているのは、なんとなくわかった。

しかし、英昭も友絵も、それ以上は尋ねようとしない。

ふたりとも気づいているはずだ。バッグひとつも持たずに旅をするなどあり得ない。孝太がまともな旅人ではないのは明らかだ。かかわりたくないと思うのが普通ではないか。

(どうして、受け入れてくれたんだ……)

考えれば考えるほど、わからなくなる。

孝太の素性が気になっているに違いない。それなのに決して踏みこもうとしない。探るような空気は常に感じているのに黙っている。これなら質問攻めにされたほうが気が楽だ。

「では、明日……」

この場にいるのが苦しくなり、孝太は席を立った。

「漁師さんが相手なので朝八時に開店です。ゆっくり休んでくださいね」

友絵は笑みを向けてくれるが、心なしか元気がないように見えた。

英昭はとうとう最後まで目を合わせてくれなかった。他人を家に入れたことを後悔しているのではないか。しかし、だからといって拒絶されている感じもしなかった。

二階にあがると、廊下を奥まで進む。恐るおそる引き戸を開けて、蛍光灯をつけた。

広さは六畳ほどで、窓ぎわにベッドが置いてある。勉強机があり、参考書がたくさん並んでいた。さらに壁の二面は天井まで届く本棚で、孝太も見覚えのある文学集で埋めつくされていた。

（これは……）

いったい、ここは誰の部屋だったのだろうか。

詮索するのはよくないと思い、いったんはベッドに腰かける。しかし、どうしても気になって仕方がない。立ちあがって部屋のなかを歩きまわり、ついに押し入れの襖《ふすま》をそっと開ける。すると、衣装ケースがあり、そのなかには男物の服が入っていた。

（やっぱり……）

友絵以外に息子がいるのではないか。

そうだとすれば、今、孝太が借りているスウェットも、息子の物なのかもしれない。

（そうか、そういうことか……）

なんとなくわかった気がする。

息子は進学か就職を機に、家を出たのではないか。その息子のスウェットを孝太が着ていたため、英昭は息子のことを思い出して態度がおかしかった。そう考えるのが自然な気がした。

ふと本棚に目を向けると、中原中也《なかはらちゅうや》の詩集が目に入った。

いったい、どんな息子なのだろうか。勝手に繊細な人をイメージして、なんとなく共感を覚えた。

（案外、俺と同じで田舎を捨てた口かもな……いや、そんなわけないか）

脳裏に浮かんだ考えを即座に否定する。

田舎を捨てるやつなど、自分以外に会ったことがない。どこかにはいると思うが、自分ほど親不孝なやつは少ないはずだ。

なにしろ、孝太は大学進学を機に上京してから、なにかと理由をつけて一度も帰省していない。学生のときは試験勉強や就職活動、就職してからは仕事が忙しいと言って、かれこれ九年も田舎を避けていた。

（どうせ俺のことなんて、みんな忘れてるさ……）

胸のうちでつまらないことを思い出してしまった。とにかく寝ようと、明かりを消した。また、つまらないことを思い出してしまった。

また、つまらないことを自虐的につぶやき、奥歯をギリッと噛んだ。とにかく寝ようと、明かりを消してベッドに横たわる。しかし、体は疲れきっているのに神経が高ぶっているのか、まったく眠れそうにない。

横になったまま、窓から射しこむ月明かりをぼんやり眺めた。

波の音が聞こえる。テトラポッドに打ち寄せる大波が、飛沫となって宙に舞い散る情景が目に浮かぶ。日本海沿岸の港町にいることを実感して、なにやら不思議な気分になった。

（ずいぶん遠くまで来たんだな……）

そろそろ終わりのときが近づいていると感じていた。

ところが、今夜は熱い風呂に入り、腹いっぱい飯を食って、なぜか暖かい毛布に包まれている。

人生なにが起きるかわからない。日雇い労働をしながらここまで来たが、これからどうなるのだろうか。とにかく、お人好しの親子に助けられて、生きながらえたのは事実だ。

(眠れないな……)

タバコでも吸おうと思って起きあがる。

ベッドに腰かけると、脱ぎ捨ててあったブルゾンのポケットを探る。ところが、タバコは切れていた。

確か小銭が少しあったはずだ。

コンビニはなくても、タバコの自動販売機くらいはあるだろう。スウェットの上にブルゾンを羽織って部屋を出る。

隣室から明かりが漏れていた。

引き戸の隙間から、光が細いすじとなって廊下に伸びている。そこは友絵の部屋だ。まだ起きているようだ。

のぞく気などさらさらない。しかし、静かに部屋の前を通りすぎようとしたとき、視界の隅に肌色のものがチラリと映った。さらにはため息にも似た微かな声が聞こえて、つい視線が引き戸の隙間に向いてしまう。

(なっ……)

そこには驚愕の光景がひろがっていた。孝太は思わず足をとめると、部屋のなかを凝視した。

4

ますます眠れなくなってしまった。

孝太は頭から毛布をかぶり、寝返りを打ってはため息を漏らすことをくり返していた。

ただタバコを買いに行こうとしただけだ。それなのに、まさか友絵の自慰行為を目撃するとは思いもしなかった。まったく予想していなかっただけに、なおさら衝撃的な光景だった。

友絵は心やさしくて親切な女性だ。笑顔が眩《まぶ》しくて、食堂の常連客にもかわいがられている。

そんな女性でも性欲はある。健康なら当然のことだが、彼女のイメージからは想像ができない淫《みだ》らな姿だった。脚を大きくひろげて股間をまさぐり、乳首を自分で摘まみながら乱れていた。そして艶めかしい声をあげながら、ついには絶頂に達したのだ。

無理やり目を閉じても眠れない。

瞼の裏に、友絵の乱れる姿がくり返し再生されてしまう。忘れていた欲望を思い出して、ペニスが硬くなったまま鎮まらなかった。

(参ったな……)

偶然とはいえ、罪悪感を覚えている。

友絵を傷つけるようなことがあってはならない。見てはいけないものを見てしまった。これは自分だけの秘密だ。

どれくらい時間が経《た》ったのだろうか。

眠れないと思っていたが、いつの間にかうとうとしていたらしい。微かな物音で、ふと目が覚めた。

窓から射しこむ月明かりで、部屋のなかはぼんやり照らされてる。ベッドの脇に人影が見えて、心臓がすくみあがった。

「なっ……」

危うく大声をあげそうになり、なんとかこらえる。

そこには友絵が立っていた。身につけているのは白いキャミソールだ。裾《すそ》はかろうじて股間を隠す丈で、太腿が剝き出しになっている。しかも、乳房のふくらみの頂点にはポッチが浮かんでいた。

（こ、これは……）

ブラジャーをつけていないのだ。そう思うと、つい視線が吸い寄せられて凝視してしまう。

「な、なにをしてるんですか」

動揺のあまり声が震えている。孝太はなにが起きているのか理解できず、仰向けのまま動けなかった。

「見ていたんです。孝太さんの寝顔を……」

友絵がぽつりとつぶやいた。

いつからそこにいたのか、眠っている孝太の顔を見つめていたらしい。どこか表情がぼんやりしている。

「もしかして……酔ってますか」

酒を飲んだのかもしれない。微かにアルコールのにおいが漂っていた。

「酔ったら、いけませんか」

友絵はそう言いながら毛布に手をかける。そして、一気に引き剝《は》がすと、ベッドにあがってきた。

「ちょ、ちょっと……」

わけがわからないまま、馬乗りになられてしまう。両膝をシーツについた状態だ。またがったことでキャミソールの裾がずりあがり、白いパンティが露《あらわ》になる。孝太のスウェットの股間に、パンティの船底が密着しているのだ。布地ごしでも陰唇の柔らかさがしっかり伝わっていた。

「お、おい、いい加減に――」

動揺から声が荒くなってしまう。しかし、途中で言葉を呑みこんだ。友絵の瞳はしっとり潤んでいる。もしかしたら、酒を飲みながら泣いていたのかもしれない。

「お願いです……お願いですから……」

ささやく声は今にも消え入りそうだ。せつなげな友絵の表情を目にしたら拒絶できなくなってしまう。彼女のことはよく知らないが、自ら男に迫るタイプとは思えない。しかも、孝太はまだ出会ったばかりだ。

いったい、友絵はなにを抱えこんでいるのだろうか。

艶《つや》っぽい瞳を見ていると、先ほどのぞき見した彼女の自慰行為を思い出してしまう。股間に受けている刺激と相まって、ようやく鎮まっていた欲望に再び火がついた。

ペニスがむくむくとふくらみ、あっという間に硬くなる。そして、馬乗りになっている彼女の股間をググッと押し返した。

「あンっ……」

友絵の唇から微かな声が漏れる。

それを耳にしたことで、孝太はますます昂ってしまう。こんな気持ちになるのは久しぶりだ。ペニスが勃起していることを自覚するほどに、羞恥《しゅうち》と興奮が同時にふくれあがった。

これほど欲情するのは、いつ以来だろうか。

東京で挫折したが、当初は性欲がつきることはなかった。あのころは自暴自棄になっていた。実家からの仕送りを握りしめて吉原《よしわら》に向かうと、どこの誰かもわからない女に童貞をくれてやった。風俗店で初体験をすませたと思うと、ますます捨て鉢になった。

学生時代は仕送りがあるたび、吉原に通っていた。荒んだ心をいっときの快楽でごまかしていた。変化が起きたのは就職してからだ。仕事がつづかず転職をくり返しているうちに、いつしか性欲が減退していた。

そして今、数年ぶりの昂りを覚えている。ペニスは鉄のように硬くなり、彼女のパンティの船底を押し返しているのだ。

「硬い……硬いです」

友絵が譫言《うわごと》のようにくり返し、腰をゆったり揺すりはじめる。そうやってパンティに包まれた媚肉《びにく》を、勃起した肉棒に擦りつけていた。

「くっ……」

孝太はとまどうばかりで、どうすればいいのかわからない。仰向けのまま、身動きできなくなっていた。

「わたし、酔ってるんです。だから……」

友絵は腕をクロスさせてキャミソールの裾を摘まむと、ゆっくりまくりあげていく。平らな腹とくびれた腰が露になり、さらに双《ふた》つの大きな乳房が剝き出しになった。

(す、すごい……)

重たげに揺れるふくらみに、目が釘づけになってしまう。

先ほどは遠目だったが、今は手を伸ばせば届く場所で波打っている。たっぷりした双乳の頂点では、桜色の乳首がツンと屹立《きつりつ》していた。まだ触れてもいないのに、乳輪まで充血してふくらんでいるのだ。

「ああンっ」

友絵はキャミソールを完全に脱ぐと、両手を孝太の腹に置いて、腰をねちっこく回転させる。パンティの船底でスウェットパンツの股間が擦れて、勃起したペニスがこねまわされた。

「ううっ……」

孝太は思わず両手でシーツをつかんで呻《うめ》き声を漏らす。

服の上からとはいえ、媚肉でマッサージされる刺激は強烈だ。しかも目の前では乳房が揺れており、視覚的にも興奮を煽《あお》られる。この状況で拒絶できるはずもなく、ただ快楽に流されてしまう。

「あっ……あっ……」

腰を動かすたび、友絵の唇から切れぎれの声が溢れ出す。

瞼を半分落とした表情も色っぽい。潤んだ瞳で孝太を見おろして、腰をゆったり動かしている。

（こんなことされたら……）

女体を抱きしめたい衝動に駆られてしまう。

友絵が自分を慰めている姿と重なり、ますます欲望がふくれあがっていく。ペニスはこれ以上ないほど硬化して、先端から我慢汁が染み出している。ボクサーブリーフの裏側と擦れてヌルヌルと滑っていた。

「くううっ」

呻き声をこらえられない。体が無意識のうちに動き、股間をググッと迫りあげていた。

「こんなに硬くなって……ああっ」

パンティごしに陰唇が刺激されたのかもしれない。友絵の唇が半開きになり、いっそう艶めかしい声が漏れた。

「ねえ、今夜だけ……」

友絵が懇願するような声でささやく。そして、腰を浮かせると、パンティをおろしはじめた。

（お、おい、なにを……）

心のなかでつぶやくだけで声にならない。

いけないと思いつつ、期待している自分もいる。このまま放《ほう》っておけば、なにが起きるのか想像がつき、彼女をとめることができない。

パンティがじりじりおろされて、肉厚の恥丘にそよぐ陰毛が露になる。自然な感じでふわっと茂っており、女体を艶めかしく彩っている。黒々とした陰毛と白い肌のコントラストに視線が吸い寄せられた。

友絵は膝を交互に立てると、パンティをつま先から抜き取った。

そして、今度は孝太のスウェットとボクサーブリーフを膝まで引きさげる。とたんに勃起したペニスが勢いよく跳ねあがり、濃厚な牡《おす》のにおいが部屋のなかにひろがった。

「ああっ、すごいです」

友絵は独りごとのようにつぶやき、あらためて両膝をシーツにつける。

そのとき、股間を少し突き出すような格好になり、月明かりが内腿の間を照らし出す。サーモンピンクの陰唇がはっきり見える。ヌラヌラと光っているのは濡れている証拠だ。

（こんなに感じてたんだ……）

彼女の興奮度合が伝わり、孝太もますます昂った。

やがて友絵のほっそりした指が太幹に伸びる。そっとつかまれると、それだけで腰が震えるほどの快感がひろがった。

彼女の手により、亀頭が陰唇に導かれる。

クチュッ——。

先端が軽く触れただけで、湿った蜜音が響きわたった。

「くうッ」

亀頭に甘い刺激がひろがり、孝太は思わず低い声を漏らす。

陰唇の隙間から透明な汁が溢れて、亀頭をぐっしょり濡らしていく。友絵はなじませるように亀頭を陰唇に擦りつける。ゆっくり動かして、割れ目を何度もなぞりつづけた。

「これがほしかったんです、ずっと……」

友絵は小声でつぶやきながら、ついに亀頭を膣口に埋めこんだ。

「ああッ、お、大きいっ」

またしても湿った音が響いて、そこに友絵の喘ぎ声が重なった。

亀頭は瞬く間に膣のなかに収まり、熱い粘膜に包まれる。膣口がカリ首を締めつけると同時に、襞《ひだ》がさっそくうねり出した。

「ううぅッ、す、すごいっ」

孝太も思わず唸り、反射的に両脚がつま先までピンッと伸びきる。

そうやって全身に力を入れなければ、あっという間に射精しそうだ。それくらいの快感がひろがっていた。

「あンっ……はンンっ」

友絵がさらに腰を落として、ペニスを根元まで挿入する。ふたりの股間が完全に重なり、深い場所までつながった。

「くううッ」

慌てて奥歯を強く食いしばる。快感がさらに大きくなり、膣のなかで我慢汁がどっと溢れるのがわかった。

なにしろ、数年ぶりのセックスだ。しかも、まったく予期していない女性に迫られて、流されるままはじまった。心構えができていなかったせいか、なおさら快感が大きく感じる。

(ど、どうして、俺なんかと……)

なにが起きているのか理解できていない。

ろくに互いのことを知らないのにセックスしているのだ。孝太はわけがわからないまま快楽に溺《おぼ》れていた。

「動いていいですか」

友絵は孝太の答えを待たずに、腰をゆったり振りはじめる。

ペニスを根元まで呑みこんだ状態で、陰毛を擦りつけるような前後動だ。ストロークは小さいが、常に密着した感覚がつづいている。ふたりの陰毛が擦れてシャリシャリ鳴るのも、淫らな気分を盛りあげていく。

「こ、これは……ううぅッ」

「わたしたち、やっとひとつに……あぁッ」

友絵が小声でつぶやき腰を振る。動きはゆっくりだが、まるで味わうように股間をしゃくりあげている。

(なんか、おかしいぞ……)

孝太は快楽に流されながらも、友絵の言動に違和感を覚えていた。

もしかしたら、自分のことを誰かと重ねているのではないか。こうして実際にセックスしているが、彼女の心はほかに向いている気がしてならない。そもそも互いのことを知らないのだから、心まで結ばれるはずもない。

それでも性器をつなげて腰を振れば、快感がどんどん大きくなる。それは友絵も同じらしく、腰の動きが激しさを増していた。

「もっと……あぁッ、もっと奥まで」

友絵は焦れたようにつぶやき、両膝を立てて足の裏をシーツにつける。和式便所で用を足すときのような格好だ。その状態で腰の動きを切りかえて、上下に振りはじめた。

「あぁッ……あぁッ……」

「おおおッ、こ、これは……」

締まる膣口でペニスをしごかれる。

勢いよくヌプヌプ抜き挿しされると、まるで日本海の荒波のように、快感が次から次へと押し寄せた。

「い、いいっ、あああぁッ」

友絵の喘ぎ声が大きくなる。

彼女も感じているのは間違いない。結合部分から聞こえる湿った音が大きくなり、たっぷりした乳房がタプタプ弾む。まろやかな曲線の先端では、乳首が硬くとがり勃っていた。

「ううッ、き、気持ちいい……うううッ」

孝太はあくまでも受け身に徹している。彼女の考えていることがわからず、自分から触れるのは憚《はばか》られた。

とはいえ、ペニスを媚肉でしごかれる快楽は強烈だ。女壺のなかは熱く蕩《とろ》けるようで、肉棒を隅々まで包みこんでいる。カリの裏側にも膣襞が入りこみ、やさしく擦りあげていた。

「おおおッ、も、もうっ……」

たまらず呻きまじりの声で訴える。

これ以上は耐えられそうにない。快感が快感を呼び、睾丸《こうがん》のなかで精液が沸騰しているのがわかった。

「ああッ、ああッ、わ、わたしもです」

友絵の声も切羽つまっている。尻をリズミカルに弾ませて、孝太の硬いペニスを貪りながら喘いでいた。

「あああッ、いいっ、いいですっ」

「くうぅッ、も、もうダメだっ」

快感の大波に呑みこまれて、射精欲が一気に高まる。懸命に耐えようとするが、無意識のうちに股間を突きあげていた。

「ひあああッ、い、いいっ、あああッ、あぁああああああッ！」

亀頭が膣の深い場所まで到達して、友絵の身体が弓なりに仰け反る。絶頂に昇りつめたのは明らかだ。それと同時に膣がキュウッと締まり、艶めかしい嬌声《きょうせい》が響きわたった。

「くおおッ、で、出るっ、ぬおおおおおおおッ！」

孝太も唸り声をあげて、快楽に身をまかせる。頭のなかがまっ白になり、もうなにも考えられない。媚肉に包まれたペニスが思いきり脈動して、精液をドクドクと噴きあげた。

「あああああああッ！」

熱いほとばしりを膣奥で受けとめると、友絵はいっそう大きなよがり声をまき散らす。天井を見あげて仰け反り、全身を痙攣させながら、より深い絶頂に達していった。

しばらく硬直していたが、急に脱力して孝太の胸板に倒れこむ。頬を押しつけた状態で、息をハアハアと乱していた。

孝太も絶頂の余韻に浸っている。

思いがけず迫られて、数年ぶりにセックスした。よくわからないが、友絵は孝太を誰かに重ねていたようだ。とにかく、完全に受け身のまま、大量の精液を噴きあげた。

心地よい疲れが全身にひろがっている。

たっぷり射精したことで、一時的とはいえ気持ちが少し楽になった。女性の身体には男を癒《いや》す力があるのかもしれない。こうして触れ合っているだけで、なぜか心が満たされていく。

瞼をそっと閉じると、ほどなくして眠気が押し寄せる。抗《あらが》う間もなく、そのまま深い眠りに落ちていた。

第二章　力ずくの純愛

1

翌朝、目が覚めると、すでに友絵はいなくなっていた。

昨夜のことは夢だったのかと思う。しかし、孝太のスウェットパンツとボクサーブリーフは膝までさがっており、ペニスが剝き出しになっていた。

（あれは本当だったのか……）

信じられないことだが、現実だ。

なぜか友絵が迫ってきてセックスをした。彼女が積極的に腰を振り、ふたりとも絶頂に達したのだ。

なんとなく気まずいが、食堂の手伝いをしなければならない。まだ朝の七時だが、食堂は朝八時に開店だと言っていた。

ベッドから起きあがると、きちんと畳まれたジーパンとグレーのトレーナーが置いてあった。孝太の服は汚れていたので用意してくれたらしい。おそらく、押し入れに入っていた服だ。

ありがたく借りることにして着がえる。服の持ち主は細身だったようだが、孝太も最近はろくに食っていなかったので痩《や》せている。服のサイズは驚くほどぴったりだった。

部屋を出ると、味噌汁のいい香りがした。

一階におりれば、キッチンに友絵が立っていた。英昭の姿が見当たらないが、まだ寝ているのだろうか。

「おはようございます。よく眠れましたか」

友絵は孝太の姿に気づくと、なにごともなかったように挨拶《あいさつ》する。柔らかい笑みを浮かべて、食卓につくようにうながした。

「すぐに朝食の準備ができますから」

「どうも……」

孝太はとまどいながらも椅子に座る。

もしかしたら、友絵は昨夜のことを覚えていないのだろうか。かなり酔っていたので、記憶が飛んでいるのかもしれない。

（いや、でも……）

さすがにセックスをしたのだから覚えているのではないか。

朝になって我に返ったのかもしれない。激烈な羞恥がこみあげて、覚えていないフリをすることにした。そう考えるのが自然な気がする。いずれにせよ、昨夜の一件には触れるべきではないと思った。

「お待たせしました。たくさん食べてくださいね」

鮭《さけ》の塩焼きに納豆と漬物、それに味噌汁と白いご飯が食卓に並べられた。

庶民的な料理がじつに食欲をそそる。ずっとひとり暮らしで、朝食など何年も摂《と》っていない。そんな時間があるなら一分でも長く寝ていたかった。しかし、こうして朝食を前にすると、腹がグウッと盛大に鳴った。

「し、失礼……」

思わず赤面して腹を押さえる。そんな孝太を見て、友絵がやさしげな笑みを浮かべた。

「ふふっ……どうぞ、召しあがってください」

「はい……いただきます」

孝太は胸が温かくなるのを感じながら手を合わせる。

昨夜のことが頭から離れない。友絵はどう思っているかわからないが、それでも距離が縮まった気がする。なにげないやり取りが楽しい。久しく忘れていた感覚だった。

（でも、一日だけだ……）

心のなかでつぶやき、気持ちを引きしめる。

今日一日、あさがお食堂で働いたら、夜にはここを出ていく。あくまでも昨日の食事の代金を払うためだ。長居するつもりはない。

孝太が食べはじめると、友絵は向かいの席に座った。そして、自分は食べることなく、お茶を飲みながら孝太のことを眺めている。

「食べないんですか」

気になって声をかける。すると、彼女はにっこり微笑《ほほえ》んだ。

「もう、すませたんです」

どうやら、とっくに起きて食べたらしい。開店時間が早いので、朝食の時間も早くなるようだ。

「いつも、こんなに早いんですか」

「漁師さんが食べに来ますから」

そう言われて、なんとなく納得する。漁業のことはよくわからないが、朝が早いイメージがあった。

「そういえば、親父さん……ヒデさんがいませんね」

「仕込みをしています。海は冷えるので、お味噌汁がたくさん出るんです」

確かに十一月の海は寒そうだ。きっと戻ってきた漁師たちが、温かい料理を求めるに違いない。

「海鮮はお好きですか」

「ええ、まあ……」

「ここのお魚は本当においしいですよ」

友絵はそう言って、にっこり笑う。

彼女のほうも距離が縮まったと感じているのではないか。こうして言葉を交わしているとそんな気がしてならない。やはり、昨夜のことを覚えているとしか思えない。

ふいに友絵の乱れた姿が脳裏に浮かんで動揺する。今、目の前にいる友絵はやさしげに微笑んでいるが、昨夜は淫らな声をあげて腰を振っていた。そのギャップが欲情を煽り、ペニスが反応しそうだ。

「俺は、なにを手伝えば……」

急いで食事を終えると立ちあがる。

「洗いものをお願いします。お店にお父さんがいるので、聞いてもらえますか」

「はい……うまかったです」

孝太が小声でつぶやくと、友絵はうれしそうに目を細めた。

「お粗末さまでした」

こんなちょっとしたやり取りで、またしても胸が温かくなる。孝太は照れくさくなり、逃げるように食堂に向かった。

「洗いものを頼む」

英昭は顔を見るなり、言葉少なに指示を出す。相変わらず無口だが、表情はいくらか和らいだ気がする。

孝太はさっそく流しに立ち、仕込みに使った鍋や食器を洗いはじめた。

しばらくすると友絵も食堂に来て、いよいよ開店だ。すぐに漁師たちがバラバラとやってきた。

一気に混雑するのかと思ったが、そういうわけではない。どうやら、捕る魚によって、漁の時間はかなり違うらしい。早朝、漁に出る人もいれば、深夜の人もいるという。

客が途切れることなく、次から次へとやってくる。漁師相手の食堂は想像以上に忙しい。英昭が料理を作り、友絵が接客と配膳をする。孝太はひたすら洗いものだ。

（これは大変だな……）

心のなかでつぶやき、額に滲んだ汗を手の甲で拭《ぬぐ》う。

洗いものの量も多いが、立ちっぱなしなので腰が張る。慣れない仕事で早くも疲れがたまっていた。腰に手を当てて、体をゆっくり反していく。固まっていた腰に痛みが走り、思わず顔をしかめた。

「おっ、まじめにやってるじゃねえか」

そのとき、大きな声が聞こえた。

反射的に振り返ると、カウンター席に見覚えのある男が座っている。常連客の梶原だ。苦手な男が来たと思って内心身構える。ところが、梶原はタバコのヤニで黄色くなった歯を見せてニッと笑った。

「兄ちゃん、昨日は悪かったな」

「い、いえ……」

まさか謝られるとは思いもしない。孝太はどういう態度を取ればいいのかわからず、頭をぺこりとさげた。

「梶原さんって心配性なんです。でも、孝太さんがまじめに働いている姿を見て安心したみたい」

友絵が厨房に入ってきて耳打ちする。

とりあえずは認められたらしい。今夜には出ていく予定だが、それでも嫌われるよりはましだ。

「おい、兄ちゃん――」

「梶原さん」

再び梶原が呼びかけるが、すかさず友絵が遮る。

「この人は孝太さんっていうの。永森孝太さんよ」

「おお、そうか。おい、孝太」

梶原は大きく頷くと、いきなり孝太を呼び捨てにした。

「もう、梶原さんったら……。怒らないでくださいね。人は悪くないんです」

友絵が困ったようにささやく。

「大丈夫です」

それくらいで気分を害することはない。孝太は意識して口角をあげると小声で返した。

「孝太、昼飯は食ったのか」

再び梶原が呼びかける。そう言われて、いつの間にか昼になっていたことに気がついた。

「そうね。交替で休憩にしましょうか。孝太さん、先に休んでください」

友絵が提案する。ちょうど客足が途絶えていたところだ。休憩を取るには絶好のタイミングだった。

「よっしゃ、俺がおごってやる」

なぜか梶原が張りきっている。

いやな予感がした。田舎特有のおせっかいだ。孝太も田舎育ちなので、すぐにピンと来た。よそ者には冷たいが、いったん受け入れると身内同然に扱う。自分もそうだったからこそ、よくわかる。

「俺は奥で休みます」

孝太がリビングに向かおうとすると、友絵が腕をそっとつかんだ。

「せっかくだから、いただいたらどうですか」

友絵にそう言われると断りづらい。孝太は仕方なくカウンター席に向かう。そして、梶原の隣に腰かけた。

「好きなもの頼めよ。俺が出してやる」

言い方はぶっきらぼうだが、好意は伝わってくる。孝太が財布を落としたことを知っているので、困っていると思ったのではないか。そういうことなら、遠慮するほうが失礼な気がした。

「じゃあ、鯛ままを……」

孝太は即座に答える。

昨夜の味が忘れられない。新鮮な鯛と出し汁が融合した味が、強烈なうまさとして記憶に刻まれていた。

「おおっ、わかってるじゃねえか」

とたんに梶原のテンションがあがる。

郷土料理が自慢なのだろう。気に入ってもらえたのが、よほどうれしかったらしい。日に焼けた皺だらけの顔をクシャクシャにして笑った。

「ヒデさん、鯛ままをふたつな」

梶原が厨房に向かって声をかける。さらに手をあげてVサインを作った。

「あと、カップ酒」

Vサインではなく、ふたつという意味らしい。

「ちょ、ちょっと、酒は……」

「少しくらい、いいじゃねえか」

「俺、まだ仕事中なんで」

慌ててとめようとするが、梶原は聞く耳を持たない。孝太は困って厨房の英昭に視線を向けた。

「飲めるんだろ。一杯くらい構わないよ」

店主にそう言われたら、無下に断るわけにもいかない。昼から酒を飲むことになってしまった。

「はい、どうぞ」

すぐに友絵がカップ酒を持ってくる。カウンターに置くと、梶原が蓋《ふた》を開けて差し出した。

「ほら、やるか」

「どうも……」

乾杯をして口をつける。喉に流しこむと、とたんに食道から胃にかけてがカッと熱くなった。

「くっ……」

酒は久しぶりなので応える。思わず唸ると、梶原が楽しげに笑った。

「うめえだろ。うちの牡蠣《かき》も酒に合うぞ」

「牡蠣を捕ってるんですか」

「いや、俺は牡蠣の養殖をやってるんだ」

「へえ……」

船で漁に出るばかりではなく、このあたりは牡蠣の養殖も盛んらしい。そんな話をしていると、再び友絵がやってきた。

「お待たせしました。鯛まままです」

鯛の切り身が載った丼と出し汁の入った急須がふたつずつ置かれる。

孝太と梶原はさっそく出し汁をぶっかけて食べはじめた。香りだけでも食欲を刺激される。口に入れるとなおさら香りが増して、じつに美味だ。

「うん、うまいっ」

思わず唸ると、梶原はうれしそうに笑ってカップ酒を飲んだ。

「カジさん、酒はほどほどにな。俺はちょっと出かけるよ」

英昭がカウンターごしに声をかける。そして、友絵に味噌汁を温めておくように指示すると、店から出ていった。

(営業時間中なのに……)

空いているとはいえ、どこに行ったのだろう。孝太が不思議に思って首を傾《かし》げると、疑問に答えるように梶原が口を開いた。

「すぐ裏にある神社だよ。ヒデさんはそこでお参りをするのが日課なんだ」

「お参り……」

「大漁と安全を祈願するんだ。港町に住むもんは縁起を担ぐんだよ」

なんとなく、わかる気がする。

孝太の田舎では稲作が盛んだが、春先に宮司を呼んで豊作を祈願してもらったり、日照りがつづくと神社に行ってお祈りをしたりする。もしかしたら、それと似たような感覚なのかもしれない。

「今度、おまえにうちに牡蠣を食わせてやるよ」

「俺、すぐに出ていくんで……」

「おいおい、冷てえな。この店は人手が足りないんだ。しばらくいればいいじゃねえか。友絵ちゃんが戻ってきたから今はなんとかなってるけど、ヒデさんがひとりのときは、そりゃあひどいもんだったよ」

梶原の言葉を聞いて、孝太は思わず首を傾げる。

友絵はずっとこの店で働いていたわけではないらしい。以前はなにをやっていたのだろうか。

「もしかして、出戻りなんですか」

声を潜めて尋ねる。すると、梶原は一瞬きょとんとしてから、はっとしたように顔をしかめた。

「なんだよ、藪《やぶ》から棒に」

「友絵さんのことですよ。戻ってきたって、離婚したんですか」

「いやいや、そんなんじゃねえよ。一時期、家を出て、別の町で仕事をしていただけだって」

なにかごまかしているような気がしたが、追求できる関係でもない。怒らせると面倒なので、それ以上は聞かなかった。

(でも、どうして……)

素朴な疑問が湧きあがる。

友絵は父親思いのやさしい女性だ。食堂の経営が大変なのはわかっているはずだが、なぜ別の町で働いていたのだろうか。なんとなく友絵らしくない気がして釈然としなかった。

「なにむずかしい顔してるんだよ。友絵ちゃんは正真正銘の独身だって。なあ、友絵ちゃん」

唐突に話を振られた友絵が、困惑の笑みを浮かべる。

「昼間から飲みすぎですよ」

「なに言ってんだ。まだ一杯しか飲んでないぞ。昔のヒデさんなんて、ひでえもんだったんだぞ」

「ヒデさんって、そんなに飲むですか」

「そうだよ。友絵ちゃんが戻ってくる前は、いっつも酔っぱらってたな。酒を飲みながら料理を作ってるんだからよ」

「へえ……」

以前の英昭は酒を飲んでばかりいたようだ。今とはだいぶ印象が違う。なにか心境の変化でもあったのだろうか。

「友絵ちゃん、もう一杯っ」

「夜も飲むんですよね。昼はこれでおしまいですからね」

友絵がそう言いながらカップ酒を出す。

梶原はご機嫌で蓋を開けて、二杯目を飲みはじめる。そのとき、店の引き戸が勢いよく開け放たれた。

「た、大変だっ、ヒデさんが――」

血相を変えて駆けこんできたのは地元の漁師だ。昨夜、店で見かけたので覚えている。

「落ち着け、ちゃんと説明しねえか」

梶原がカップ酒を差し出すと、男はグビリッと飲んで再び口を開いた。

「ヒデさんが神社の階段から落ちたんだ」

「なんだって」

緊張が走り、その場にいた全員が凍りついたように固まった。

「今は病院で治療を受けてるところだ」

「お父さんっ」

それを聞いた友絵が店から飛び出す。孝太も反射的に立ちあがり、彼女のあとを追いかけた。

2

「こうなった以上は仕方ねえな」

梶原がむずかしい顔で腕組みをしてつぶやいた。

カウンターにはカップ酒が置いてあるが、ほとんど減っていない。さすがに酒が進まないようだ。

「孝太、おまえがやるしかねえだろ」

「俺がやるって、どういうことですか」

孝太はいやな予感を覚えながら質問する。すると、梶原は顔をしかめて、大きく息を吐き出した。

「だからよ、ヒデさんが戻ってくるまで、おまえが店を手伝うんだよ」

「そんなこと――」

喉もとまで出かかった拒絶の言葉を呑みこんだ。

友絵がカウンターの端の席に座っている。目に涙をいっぱい湛《たた》えており、懸命に悲しみをこらえていた。

（参ったな……）

孝太は立ちつくしたまま天を仰いだ。

英昭が神社の石階段から転げ落ちて入院したのだ。全身に打ち身はあるが、意識はしっかりしている。しかし、頭を打っている可能性は否定できない。これまでの心労もあるため、医者から精密検査を勧められた。

先ほど三人で病院に行ったが、英昭は思いのほか元気だった。しきりに店のことを心配していたが、梶原にゆっくり休めと諭されていた。

あさがお食堂は午後から臨時休業になった。

そして今、友絵と梶原、そして孝太の三人で今後のことを話し合っているところだ。

（どうして、俺まで……）

孝太は胸底でつぶやいた。

成り行きで話し合いに加わっているが、正直なところ自分は関係ないと思っている。今日一日、店の手伝いをして出ていくはずだった。

「なにか予定があるのか」

梶原がぽつりとつぶやいた。

それは孝太に向けられた言葉だ。予定などなにもない。だが、ここに長居するつもりもなかった。

「急ぎの用がないなら手伝えばいいじゃねえか。ヒデさんだって、タダとは言わねえだろ。バイトだと思ってよ」

「いや、でも……」

人と深くかかわりたくない。そう思っているが、すでにかかわってしまったのも事実だ。

「冷てえ男だな。酒を酌みかわしたんだから、もう俺たちは兄弟みてえなもんじゃねえか」

「い、いや……」

言葉を濁すが、心のなかできっぱり否定する。酒を酌みかわしたと言うほどおおげさなものではない。カップ酒を一杯飲んだだけだ。

「こうして知り合ったのも、なにかの縁だろうが。友絵ちゃんを見ろよ。助けてやりたいと思わねえのか」

それを言われると心苦しくなる。

昨夜、身体を重ねたことで、多少なりとも情が移っていた。このまま放って立ち去るのは悪い気がする。

実際、英昭がいなければ店は立ち行かない。友絵も多少は料理を作れるらしいが、すべてのレシピを知っているわけではないようだ。それに、ひとりで調理から配膳までこなすのは無理がある。最低でもふたりは必要だ。

「ヒデさんに聞いたよ。旅の途中なんだろ。でもよ、長い人生なんだ。少しくらい寄り道したって構わねえだろ」

梶原の言葉が胸に響いた。

もはや生きる意味を失っている。だが、最後に誰かの役に立つことをしてもいいのではないか。その誰かが身体を重ねた友絵なら、助けてあげたいという気持ちが湧きあがった。

「わかったよ」

孝太はぽつりとつぶやいた。

乗りかかった船というやつだ。落ちこんでいる友絵を見ていると、どうしても放っておけなかった。

「やるよ……やればいいんだろ」

素直になれず、ぶっきらぼうな口調になってしまう。それでも、梶原は満足げに頷いた。

「よく言った。さすがは俺が見こんだ男だ」

「俺、洗いものくらいしかできませんよ」

慌ててつけ足すと、友絵が立ちあがって歩み寄る。そして、両手で包みこむようにして孝太の手を握りしめた。

「お手伝いしていただけるのですか」

涙ぐんだ瞳で見つめられると照れくさくなる。孝太はすぐに言葉を返すことができず、おどおどと視線をそらした。

「孝太さんがいてくれれば、お店を開けられます」

「ヒデさんが戻ってくるまでなら……」

「ありがとうございます。助かります」

友絵の目から涙が溢れて頬を伝う。

孝太は手を握られたまま、身動きできずに固まっている。昨夜の濃厚な交わりを思い出して、胸の鼓動が急激に速くなってしまう。自分でも驚くほど動揺していた。

「よかった、よかった。これで明日も鯛ままが食えるな」

梶原がそう言ってカップ酒を喉に流しこんだ。

「ごめんなさい、出し汁の作り方はお父さんしか知らないんです」

申しわけなさそうに友絵がつぶやいた。それを聞いて思い出す。確か秘伝の出し汁だと言っていた。

「作り置きはないのかよ」

「風味が飛んでしまいますから……」

出し汁は風味が命だという。毎朝、英昭が仕込みをして、その日のうちに使いきるらしい。

「どうして、ヒデさんは友絵ちゃんに作り方を教えないのかね」

梶原が不思議そうに首を傾げる。

(そう言われてみれば、そうだよな……)

孝太も腹のなかでつぶやいた。

秘伝の味が大切なのは、なんとなく理解できる。しかし、娘には教えてもいいのではないか。

もしかしたら、店を継ぐ者にしかレシピを教えないのかもしれない。

そうだとすると、友絵は継ぐ気がないのか、もしくはまだ決心がついていないのではないか。

「やっぱり、あいつに継がせるつもりなのかね」

「あいつって……」

孝太が尋ねると、梶原は一瞬、ばつが悪そうな顔をする。よけいなことを言ってしまったようだ。だが、今さら隠すのもおかしいと思ったのか、そのまま話しつづける。

「ヒデさんには息子がいるんだよ。でも、いろいろあって、出ていっちまったんだ」

なにやら深刻な状況らしい。

英昭には息子がいた。友絵の二歳上の兄だという。ところが、英昭と不仲になり、四年前に家を出ていった。それきり一度も帰っていないらしい。

（きっと、あの部屋が……）

おそらく、孝太が泊まったのは息子の部屋なのだろう。

もう少し詳しく聞きたかったが、友絵はうつむいたまま黙っている。あまり触れてほしくないのかもしれない。そう思うと、根掘り葉掘り尋ねるわけにはいかなかった。

「友絵ちゃん、味噌汁は作れるんだろ」

ふいに梶原が声をあげる。

「味噌汁の鯛ままもうまいぞ」

出し汁の代わりに味噌汁をかけることもあるらしい。郷土料理の鯛ままには店や家庭の味があり、作り方もさまざまだという。

「お味噌汁なら、わたしでも作れます」

「よっしゃ、決まりだな」

梶原はカップ酒を飲みほすと立ちあがった。

「心配することはねえ。ヒデさんなら、きっと大丈夫だ」

「はい、ありがとうございます」

友絵が微笑を浮かべて礼を言う。

少し元気を取り戻したようだ。今の彼女に必要なのは、こうして知り合いと語らうことなのかもしれない。

「それじゃあ、孝太、明日から頼んだぞ」

梶原はそう言うなり、孝太の肩をバシッとたたいた。

「は、はい……」

痛みをこらえて返事をする。梶原は豪快に笑いながら店を出ていった。

酒飲みで口は少々悪いが、面倒見はいい。最初は苦手だったが、梶原が慕われている理由がわかった気がした。

「しばらく、よろしくお願いします」

友絵があらたまった感じで頭をさげる。

「いえ、こちらこそ……」

孝太も頭をぺこりとさげた。

たまたま立ち寄っただけの食堂で、なぜか住みこみで働くことになった。

生まれ育った田舎が嫌いで東京に出た。ところが、挫折して放浪しているうちに、見知らぬ港町に流れ着いた。故郷と重なる寂れた田舎町だが、そこで仕事にありつくとは皮肉なものだ。

とにかく、明日から食堂の手伝いをする。英昭の検査結果しだいだが、おそらく数日ですむだろう。

（友絵さんといっしょにいられるなら……）

ふとそんなことを考えている自分に気づいてはっとする。

いつの間にか、心のなかで友絵の存在がどんどん大きくなっていた。身体の関係を持ったからなのか、それともほかに理由があるのかはわからない。とにかく彼女のことが気になっているのは事実だった。

3

店の片づけをして、明日からの仕事の段取りを終えると、孝太と友絵はふたりきりで夕飯を食べた。

今は食卓で向かい合って、お茶を飲んでいるところだ。

やはり英昭のことが気になるのか、友絵は口数が少ない。ふだんの潑剌とした感じがなく、どうしても伏し目がちになってしまう。

「今日のご飯もうまかったです」

沈黙を嫌って孝太のほうから話しかける。

先ほど友絵が涙を流したときは困ってしまった。梶原がいたからよかったが、ひとりだったら対処できなかったと思う。とにかく、重い空気にだけはしたくない。

「友絵さんは料理が上手なんですね」

「いえ、それほどでも……」

友絵が照れ笑いを浮かべる。

今夜の晩ご飯は、味噌汁を使った鯛ままだった。明日からの営業に備えて、試しに作ったものを食べたのだ。出し汁とは違った味わいで、味噌汁バージョンもじつに美味だった。

「お父さんが料理人だから、きっと友絵さんも舌が肥えているんでしょうね」

孝太は思いついたことを話しつづける。

一般論を口にしたつもりだが、なぜか友絵の表情は曇っていた。なにか気に障ることを言っただろうか。

「あの……」

「わたし……お父さんの味をよく知らないんです」

友絵の声はどんどん小さくなっていく。

もしかしたら、英昭は仕事以外で料理を作らないのかもしれない。料理人のなかには、家に帰ったらキッチンに立たない人がいると聞いたことがある。仕事でさんざん作っているので、料理から離れたいらしい。英昭がそういうタイプだとしたら、友絵が父親の味をあまり知らなくても不思議ではない。

（でも……）

孝太は微かに首を傾げた。

なにか釈然としない。友絵の暗い表情が気になった。入院している英昭のことが心配なのはわかる。しかし、それだけではない気がして、いろいろ勘ぐってしまう。

「ヒデさん、早くよくなるといいですね」

話題を変えたほうがいいと思う。でも、英昭の入院にまったく触れないのも不自然な気がする。

「大丈夫だと思いますけど……やっぱり、ちょっと心配です」

「そうですよね」

検査の結果が出ていない以上、なにを言っても気休めにしかならない。孝太は頷くことしかできなかった。

「そういえば、俺が泊まった部屋って、もともと誰の部屋なんですか」

ふと思い出して尋ねる。

話題を変えるのにもちょうどいいと思った。ところが、友絵の表情が硬くなった気がした。また、よけいなことを聞いてしまったのだろうか。

「兄の部屋です……」

一瞬、友絵は言いよどみ、ぽつりとつぶやいた。

「そうだと思ったんですよ」

孝太は無理をして明るい声を出す。

場の空気を変えたい一心だ。しかし、友絵は視線を落として、湯飲みをじっと見つめている。表情がますます暗くなり、それきり黙りこんでしまった。

（どうなってるんだよ……）

なんとか元気づけたいが、どうすればいいのかわからない。

孝太が口を開くたび、状況が悪化していく気がする。これ以上、友絵の顔を見ているのがつらくなった。

「俺、部屋に戻りますね」

孝太が腰を浮かすと、友絵が顔をすっとあげた。

「お風呂、先に入ってください。着がえとタオルは出してあります」

「はい……」

勧められるまま風呂に入った。

そして、リビングには戻らないで、そのまま二階の部屋に向かう。自分では友絵を慰めることができない。そう悟って、できるだけ同じ場所にいないほうがいいと思った。

部屋に戻ると、ベッドに腰かける。

今夜もここで寝ることになるとは思いもしなかった。ふと昨夜のことが脳裏をよぎり、股間がズクリッと疼く。なるべく考えないようにしていたが、ひとりになると頭に浮かんでしまう。

酒に酔った友絵が迫ってきた。そして、騎乗位でつながり、腰を激しく振って絶頂に達したのだ。

（どうして、あんなこと……）

いくら考えてもわからない。

昼間の友絵はまじめで働き者で、気遣いのできる女性だ。入院した父親のことを心から心配している。そんな姿を見ていると、昨夜の大胆な行動が信じられなかった。

（そういえば……）

友絵の兄は、どんな人だったのだろうか。

なにかが心に引っかかっている。喉に魚の小骨が刺さっているように、激痛ではないが、いつまでも違和感がつづいていた。

梶原が息子のことで口を滑らせたとき、ずいぶん気まずそうだった。そもそも友絵と英昭は、息子の存在にいっさい触れなかった。昨夜、孝太はこの部屋に泊まったのに、それは不自然ではないか。

(みんな、なにかを隠しているみたいだよな……)

いくら考えてもわからない。

友絵と英昭は、仲のいい親子に見える。だが、息子は英昭と不仲になり、家を出ていったという。

(どんな人だったのかな……)

気になって立ちあがり、本棚に歩み寄る。

昨日も目にとまった中原中也の詩集を手に取った。何度も読み返したのか、装丁はかなり傷んでいる。この手のものを愛読する男は、なんとなく繊細で病弱なイメージがあった。

「孝太さん……」

そのとき、廊下から友絵の声が聞こえた。

かせた。

「まだ起きていますか」

「はい、どうぞ」

孝太が返事をすると、引き戸がゆっくり開けられる。そして、友絵が顔をのぞかせた。

「明かりが見えたものですから……」

遠慮がちにつぶやく友絵は、淡いピンクのパジャマに身を包んでいる。風呂からあがったばかりなのか、湿った髪が肩に垂れかかっていた。

「こんな格好ですみません」

恥ずかしげな微笑を向けられて、孝太は内心ドキリとする。

またしても、昨夜の乱れた姿が脳裏に浮かんでしまう。慌てて首を小さく左右に振って、淫らな妄想を打ち消した。

「俺は構いませんよ」

平静を装って語りかけると、友絵は部屋のなかに入って引き戸を閉めた。

「なんだか眠れそうにないんです」

突然、父親が入院することになり、神経が高ぶっているに違いない。友絵が眠れないのは当然のことだ。

「俺でよければ、話し相手になりますけど」

孝太が答えるのと同時に、友絵が目を見開いた。

「それ……」

彼女の瞳は、孝太が手にした詩集に向いている。なにをそんなに驚いているのだろうか。

「お兄さんの本棚を拝見していました」

「好きだったんです……中原中也」

孝太の声は耳に届いていないらしい。友絵は詩集を見つめたまま、独りごとのようにつぶやいた。

確かに、だいぶ読みこんだ跡がある。しかし、そんなことより友絵の呆《ほう》けたような表情が気になった。どこか遠い目をして、詩集をぼんやり見つめている。孝太のことなど、まるで目に入っていないようだ。

「わたしも好きです……」

またしても友絵がつぶやき、ふらふらと歩み寄る。そして、孝太の手から詩集を受け取り、熱い眼差《まなざ》しを表紙に向けた。

兄妹《きょうだい》で中原中也が好きだったということだろうか。

もちろん、そういうこともあると思う。兄や姉がいれば、弟や妹が影響を受けることはめずらしくない。しかし、なにか普通とは違うものを感じている。友絵の熱に浮かされたような表情が気になって仕方ない。

孝太は無意識のうちにあとずさりして、尻が勉強机にぶつかった。

振り返ると、ちょうど国語辞典が目に入る。偶然にも、孝太が高校生のときに使っていたのと同じものだ。懐かしさもあり、手に取って裏返すと、サインペンで名前が書いてあった。

――尾畑護。

目にした瞬間、背すじがゾワッとした。

(尾畑……護)

心のなかでつぶやいてみる。

それが友絵の兄の名前だろうか。この状況から推察すると、まず間違いないと思う。

(でも、まさか……)

護という名前に覚えがある。

しかし、そんなことがあるだろうか。頭が混乱して、すぐには考えがまとまらない。

――ま、護……ああっ、護っ。

昨夜、友絵はそう口走っていた。

護というのは、友絵が自慰をしているときにつぶやいた名前に間違いない。愛しい人の顔を思い浮かべて、自分を慰めることはあると思う。だが、それが兄の名前というのはどういうことなのか。

（い、いや、そんなはず……）

思わず眉間《みけん》に縦皺を刻みこむ。おぞましい考えが脳裏に浮かび、慌てて心のなかで否定する。

友絵が一方的に好意を寄せていただけなのか、それとも過去に一度でも身体の関係を持ったことがあり、それを回想していたのか。いずれにせよ、護というのが兄の名前なら、友絵は禁断の恋をしていたことになる。

「ひとつ聞いてもいいですか」

孝太は迷ったすえに切り出した。

「お兄さんの名前って……」

真実を知るのは恐ろしい気もする。だが、確認せずにはいられない。

少なからず友絵に惹かれている。だからこそ、あさがお食堂の手伝いを引き受けた。友絵のことが気になっていたから助けたいと思ったのだ。しかし、友絵の考えていることがわからない。

「護……護です」

友絵は詩集を見つめたままつぶやいた。

兄の名前を告げる声に、必要以上の情感がこもっているように感じたのは気のせいだろうか。

(そうか……そういうことだったのか)

衝撃を受けると同時に、大きな疑問がひとつ氷解していく。

昨夜、セックスしたとき、友絵は孝太に誰かを重ねているようだった。性器をつなげて快楽を共有しているのに、彼女の心はほかに向いているような気がしてならなかった。

孝太は護のスウェットを着て、護のベッドで寝ていたのだ。そこに酔った友絵がやってきた。きっと兄の護と交わっているつもりで、孝太の上で腰を振っていたのだろう。

——わたしたち、やっとひとつに……あぁッ。

友絵がささやいた言葉を覚えている。

おそらく、彼女は兄と身体の関係を持ったことがない。だからこそ「やっとひとつに」と口走ったのではないか。

ということは、友絵の片想いだった可能性が高い。兄への禁断の想いを、ひた隠しにしてきたのかもしれない。いずれにせよ、孝太などまるで視界に入っていなかったということだ。

「くッ……」

奥歯を強く嚙みしめる。

胸にこみあげた苛立《いらだ》ちは嫉妬《しっと》にほかならない。昨夜は友絵と交わったことで心まで癒された気がした。久しぶりに安らぎを覚えたからこそ、その反動は大きかった。

「なにかおかしいと思ったんだ」

孝太はぼそりとつぶやいた。自分の声とは思えないほど、平坦で低い声になっていた。

「どうしたんですか」

友絵が我に返ったように、はっと顔をあげる。孝太を不思議そうに見て、詩集を本棚に戻した。

「わたし、なにか気に障るようなことを言いましたか」

瞳が微かに揺れている。

どうやら、不安を覚えているらしい。それほど孝太の全身から怒りがにじみ出ているということだろうか。

(もう、どうでもいい……)

嫉妬が全身に蔓延《まんえん》していく。孝太が無言で歩み寄ると、友絵は怯《おび》えたようにあとずさりをはじめた。

「な、なんですか……どうしたんですか」

やがて友絵の脚がベッドにぶつかる。さらに孝太が迫ると、ベッドに座りこむ形で尻餅《しりもち》をついた。

「昨夜のこと、忘れたわけじゃないですよね」

孝太が問いつめると、友絵は首を微かに左右に振った。

「ご、ごめんなさい……わたし、淋しくて……」

消え入りそうな声でつぶやいた。

その言葉で確信する。友絵は酔って覚えていなかったわけではない。いっときの淋しさを埋めるため、酒を飲んで羞恥心をごまかしてから孝太に迫ったのだ。それなのに、今日一日、なにごともなかったように過ごしていた。清楚《せいそ》な仮面の下に、淫らな顔を隠していたのだ。

「別に謝らなくてもいいですよ」

孝太は友絵の肩を小突いて、仰向けに押し倒す。そして、自分もベッドにあがり、彼女の腰にまたがった。

「ま、待ってください……」

友絵が怯えた声をあげると、なおさら憤怒《ふんぬ》と興奮がふくれあがる。

「ゆ、許してください」

「なに言ってるんですか。昨日、友絵さんがやったことですよ」

昨夜と逆になっただけだが、気持ちはまるで違っていた。

孝太はいきなりパジャマの上から乳房を揉みあげる。すると、布地ごしに柔肉の感触が生々しく伝わった。

（こ、これは……）

昨夜もそうだったが、友絵は今夜もブラジャーをつけていない。寝るときはいつもそうなのか、それとも孝太に迫るつもりだったのか。

「どうして、ノーブラなんですか」

「そ、それは……」

友絵は顔をまっ赤に染めて横を向く。

もしかしたら、予想が当たっていたのかもしれない。欲望を抑えられず、また孝太を誘惑するつもりだったのではないか。

「今夜も俺を誘うつもりだったんですね」

乳房を揉みながら質問を浴びせかける。友絵は眉をせつなげに歪めて、首を小さく左右に振った。

「ち、違います……誤解です」

消え入りそうな声が、牡の欲望を煽り立てる。

彼女の本心はわからない。とにかく、頭のなかが燃えあがったように熱くなり、両手で双つのふくらみをこねまわす。パジャマの上からでも、たっぷりした肉づきが伝わっていた。

「あっ……い、いけません」

友絵は身をよじるが、孝太が馬乗りになっているので動けない。慌てた感じで手首をつかんでも、女の力で引き剝がすことは不可能だ。

「お、お願いです、やめてください」

抵抗されると、なおさら興奮がこみあげる。孝太は夢中になって乳房を揉みしだき、パジャマのボタンを弾《はじ》き飛ばす勢いで前を開いた。

4

「ああっ」

友絵の羞恥の声とともに、双つのふくらみがまろび出る。揉まれた刺激で乳首はすでにぷっくりと充血していた。

「もう、こんなに……」

孝太は異常な興奮を覚えて乳首にむしゃぶりつく。両手で柔肉を揉み、乳輪まで口に含んで舐《な》めまわした。

「あああッ」

友絵の身体がビクンッと跳ねて、こらえきれない嬌声が響きわたる。

そんな敏感な反応が、孝太の愛撫をますます加速させる。双つの乳首を交互にしゃぶり、唾液をたっぷり塗りつけては吸いあげる。わざと音をチュウチュウと立てて、舌でねちっこく乳首を転がした。

「こんなに硬くして……うむッ」

「ダ、ダメです……あぁっ」

友絵は両手で孝太の肩を押し返そうとするが、どんどん力が抜けていく。乳首を吸われるたびに身体がビクビク震えて、やがて抗う声に甘い響きがまざりはじめた。

「あっ、そ、そんな……はああンっ」

「これが気持ちいいんですね」

乳輪ごと口に含んだまま語りかけて、屹立した乳首を舌で舐め転がす。ときおり前歯で甘噛みすれば、女体が感電したように跳ねあがった。

「あううッ……や、やめてください」

「どうしてですか。こんなに感じてるのに」

友絵が抗いの声をあげるたび、嫉妬が全身を駆けめぐる。

ますますいじめたくなり、乳首を執拗《しつよう》に舐め転がしていく。快感を与えては前歯を立てて、痛痒《いたがゆ》い刺激を送りこむ。すると友絵の顎が跳ねあがり、おもしろいくらい敏感に反応した。

「ひいッ、か、噛まないでください、あひいッ」

金属的な喘ぎ声がほとばしり、身体を激しくよじらせる。

もっとめちゃくちゃに感じさせて、友絵の目を自分だけに向けたい。護のことなど忘れさせたい。孝太は指で乳首を摘まみあげて、首すじや耳にも舌を這わせていく。

「ほら、乳首がカチカチになってますよ」

「ウ、ウソです……ああンっ」

口では否定しても身体はしっかり反応している。

昨夜の交わりで、女体が充分に成熟しているのは確認ずみだ。だからこそ、こうして大胆に愛撫できる。延々といやがられて抵抗されたら、さすがに萎《な》えてしまう。しかし、友絵は目に見えて性感を蕩かせていた。

「あンっ、ダ、ダメ……ああンっ」

耳に舌を入れながら、乳首を指先でクニクニ転がす。そのたびに友絵は甘い声で喘いでくれる。

「も、もう、許してください……はあンっ」

両手を孝太の肩にあてがっているが、まったく力が入っていない。形ばかりの抵抗だ。昨日はあれほど積極的だったのに、どうして今は抗うのだろうか。彼女のほうから求めるように仕向けたい。

孝太は友絵のパジャマの上着を奪い取り、さらにパジャマのズボンを一気に引きおろした。

「そ、そんな……」

これで友絵が身につけているのは白いパンティ一枚だけだ。布地の面積が小さい思いのほかセクシーなデザインで、恥丘にぴったり貼りついている。

「お、お願いです……も、もう……」

内腿を閉じて恥じらう姿が色っぽい。しかし、孝太を見あげる瞳に媚《こ》びるような光がまざっていた。

「本当は期待してるんじゃないですか」

最後の一枚に手をかけて、ゆっくり引きさげていく。

「ああっ、ダメぇ……」

友絵は涙を浮かべて孝太の手首を。しかし、すぐにあきらめたように力を抜き、両手で自分の顔を覆い隠した。

その隙にパンティをおろしてつま先から抜き取る。薄い布地を裏返せば、船底の部分がぐっしょり濡れていた。それは愛蜜にほかならない。いやがっているフリをしながら、こんなになるまで感じていたのだ。

「すごく濡れてますよ」

「いやです。言わないでください」

友絵は顔を隠したまま首を左右に振りたくる。

もっと辱めたくて、孝太は彼女の手を引き剝がすと、濡れたパンティを鼻先に突きつけた。

「よく見てください。ほら、グショグショになってますよ」

「ああっ、ウソ……ウソです」

ついに友絵は涙を流しはじめた。それでも内腿をもじもじと擦り合わせて、息をハアハアと乱している。

「じゃあ、直接、見てみましょうか」

孝太は彼女の下半身に移動すると、両膝に手をかけて押し開く。M字開脚の状態にして、股間をまる見えにした。

「や、やめてください。ああっ、見ないで……」

友絵の悲痛な声が牡の欲望を刺激する。抗いの言葉とは裏腹に、サーモンピンクの陰唇は愛蜜でヌラヌラと濡れ光っていた。

「こいつはすごい。お漏らしでもしたんですか」

わざと蔑《さげす》むように言えば、女陰の狭間《はざま》から新たな果汁が溢れ出る。

興奮しているのは孝太だけではない。友絵もこの状況で興奮している。無理やり脚を開かれているのに、女の汁を大量に分泌させて、尻の穴までぐっしょり濡らしていた。

「どうして、こんなに濡れてるんですか」

「も、もう……ああっ、もう、いじめないで……」

友絵はすすり泣きを漏らしながら、首をゆるゆると左右に振る。それでも、愛蜜は溢れつづけて、陰唇を濡らしていた。

「わかりました。これ以上、いじめるのもかわいそうですね」

孝太は服を脱いで裸になると、いきり勃ったペニスを剝き出しにする。そして、再び友絵の脚を開き、正常位の体勢で覆いかぶさった。

「あンっ……」

亀頭の先端が陰唇に触れただけで、友絵の唇から甘い声が溢れ出す。早く貫かれたくて、二枚の花弁がウネウネと蠢《うごめ》いた。

「これがほしいんでしょう」

すぐには挿入せず、割れ目の表面で亀頭を滑らせる。そうやって焦《じ》れるような刺激を与えると、友絵は腰を左右にくねらせた。

「ああンっ、そ、そんな……ダ、ダメです」

「なにがダメなんですか」

恥裂に沿って亀頭を上下に動かしながら問いかける。我慢汁と愛蜜がまざり合い、ヌルヌル滑るのがたまらない。こうしている間に孝太の欲望もどんどん高まっていく。

「あっ……あっ……お、お願いです」

「はっきり言わないと、ずっとこのままですよ」

亀頭の先端をほんの数ミリだけ膣口に沈める。入口部分で遊ばせれば、女体の悶《もだ》え方が激しくなった。

「ああっ、も、もうダメっ。い、挿《い》れてください」

ついに友絵が挿入をねだり、自ら股間を押しつける。亀頭が半分ほど膣口に埋《うず》まり、クチュッという蜜音が響きわたった。

「じゃあ、挿れますよ……ふんんッ」

腰をゆっくり押しつけて、ペニスを蜜壺に挿入していく。濡れそぼった女壺が歓迎するようにうねり、太幹をいとも簡単に呑みこんだ。

「あうう、お、大きいっ」

女体が仰け反り、膣口が竿《さお》を思いきり締めつける。

「くううッ」

強烈な刺激が全身を貫き、孝太はさらに体重を浴びせてペニスを深い場所まで押しこんだ。

「はあああッ、そ、そんなに奥までっ」

友絵は喘ぎ声を響かせて、反射的に孝太の体にしがみつく。両手を背中にまわすと、両脚も腰に巻きつけて足首をフックさせた。

「あああッ」

「う、動きますよ……」

快感に耐えながら、さっそく腰を振りはじめる。

ペニスをほんの少しだけ後退させると、すぐに奥までねじこんだ。カリが膣壁を擦りあげて、亀頭が膣道の最深部に到達する。それを連続してくり返せば、早くも女体が痙攣をはじめた。

「ああッ、お、奥に当たってます……はあああッ」

友絵の声が大きくなる。ピストンに合わせて股間をしゃくり、亀頭をさらに奥へと引きこんでいく。膣道全体がうねりながら収縮して、ペニスを思いきり締めつけた。

「くううッ、す、すごいっ」

膣襞がからみつき、亀頭と太幹の表面を這いまわる。まるで無数の舌で舐められているようだ。敏感なカリの内側にも入りこみ、執拗にくすぐられるのがたまらない。

「こ、孝太さんっ、あああッ」

「ううッ……ううう」

射精欲がふくれあがり、自然と腰の動きが速くなる。

欲望のままに男根を力強く打ちこんで、女壺のなかをかきまわす。とくに膣奥を刺激すれば、女体の反応は格段に大きくなった。

「あああッ、い、いいっ、気持ちいいですっ」

ついに友絵が快楽を告げながら腰をよじる。奥を突かれるたび、下腹部がビクビクと波打った。

「し、締まるっ、おおおッ」

湿った蜜音が大きくなり、絶頂の大波が急速に迫ってくる。

ペニスをスライドさせるたび、先端から我慢汁がどっと噴き出す。一刻も早く射精したくてたまらない。昇りつめることしか考えられなくなり、とにかく全力で腰を振り立てた。

「ああッ、ああッ、わ、わたし、もうっ」

友絵にも絶頂が迫っているらしい。

喘ぎ声が切羽つまり、両手両足で必死にしがみついている。孝太の背中に爪《つめ》を立てていることにも気づかず、快楽の海に溺れていく。膣も猛烈に締まり、ペニスを思いきり食いしめた。

「おおおッ、おおおおッ」

「ああッ、こ、孝太さんっ、あああッ」

孝太の唸り声と友絵のよがり声が交錯する。

今この瞬間、ふたりは快楽を共有している。心までひとつになっているのかはわからない。しかし、身体は深い場所までつながり、呼吸を合わせて腰を振っている。ふたりは確実に同じ方向を目指していた。

「も、もう、わたし……あああああッ」

「くうウッ、お、俺も、おおおおッ」

絶頂の大波が目の前まで押し寄せて、一気にふたりを呑みこんだ。

「おおおおッ、で、出るっ、出る出るっ、くおおおおおおおおッ！」

とてもではないが、耐えられない。孝太は雄叫《おたけ》びをあげて、思いきり精液を噴きあげる。女壺の深い場所に埋めこんだペニスが勢いよく跳ねまわり、濃厚なザーメンがビュクッビュクッと飛び出した。

「ひあああッ、い、いいっ、あああああッ、イクッ、イクうううッ！」

友絵もよがり泣きを響かせて、瞬く間に昇りつめる。大量の精液を膣奥に浴びたことで、背中を大きく仰け反らせながら痙攣した。

「友絵さんっ……」

孝太は射精しながら女体をしっかり抱きしめる。

こうして肌を合わせていると、いやなことを忘れて心が癒されていく。ずっとこうしていたいが、この快楽が刹那《せつな》のものであることも知っていた。

（あなたは本当に……）

心のなかで問いかける。

友絵は本当に兄のことが好きなのだろうか。

そうだとしたら、それは特殊な恋愛だ。自分などに入りこむ余地はない。どうやっても、友絵の心を奪うことはできないだろう。

(そもそも、俺は……)

ずっとここにいるわけではない。

英昭が退院して仕事に復帰したら、この町から出ていくのだ。友絵の気を引く意味などない。いや、それどころか、こんなことをしてしまった以上、今すぐにでも立ち去るべきではないか。

「孝太さん……」

耳もとで友絵がささやいた。

背中にまわされていた手が頭に移動して、さらに両頬をそっと挟まれる。友絵が見あげる形になったと思ったら唇を奪われた。

「ンンっ……」

友絵の鼻にかかった声が聞こえている。

わけがわからないまま舌を吸われて、孝太は激しく動揺していた。粘膜をヌルヌルと擦り合わせながら、唾液をすすりあげられる。友絵はなにも言葉を発しない。ただ静かに涙を流しながら、孝太の舌を吸いつづけていた。

（どうして、キスなんてするんだ……）

彼女の心がわからない。

誰のことを思いながらキスをしているのだろうか。いくら考えても、友絵の気持ちがわかるはずもなかった。

第三章　静謐な空気のなかで

1

翌日、孝太は朝からあさがお食堂の手伝いをしている。

とはいっても、できることはわずかしかない。洗いものと接客を担当することになったが、メニューが頭に入っていないので間違いが多かった。

調理を担当するのは友絵だ。英昭から教わったレシピは一部なので、限定されたメニューだが、それでも常連客は喜んで食べてくれた。

しかし、孝太と友絵はぎくしゃくしている。

昨夜、キスをしたあと、友絵は結局ひと言もしゃべらないまま部屋を出ていった。残された孝太は困惑しているうちに、いつの間にか眠りに落ちていた。そして、気づくと朝を迎えていた。

ふたりの間に溝ができたのは間違いない。

しかし、完全に嫌われたわけではないようだ。追い出されるかと思ったが、そういうこともなく、朝食を作ってくれた。こうして店の手伝いをしても、いやな顔をされることはない。

(どう思ってるんだろう……)

孝太はよくわからないまま洗いものをしている。

今は必要最低限の言葉しか交わしていないが、昨夜は友絵のほうからキスをしてくれた。それだけが、心のよりどころになっていた。

午後になり、梶原がやってきた。

「おふたりさん、調子はどうだ」

客が少ない時間を狙って来たらしい。カウンター席に座るとカップ酒を注文して、孝太と友絵を呼び寄せた。

「昨日はありがとうございました」

友絵が頭をさげると、梶原は顔の前で手をひらひらと振った。

「気にするなって。そんなことより、いろいろ情報を仕入れてきたぞ」

わざわざ神社に足を運んで、英昭が石階段から落ちたときの状況を宮司に聞いたという。

「ヒデさん、俺より年上だけど、足腰はしっかりしてるんだ。酔ってたわけでもないのに、階段から落ちたりしねえだろ」

そう言われてみると、確かにおかしい気がする。

英昭は六十五歳だというが、いたって健康だ。神社でお参りするのも日課だと聞いている。何年も通っているというのに、どうして昨日に限って石階段から転落したのだろうか。

「境内でヒデさんが若い男といっしょにいるところを目撃されてるんだ。宮司が見たんだってよ」

「若い男って誰ですか」

孝太は思わず口を挟んだ。

「見たことはない顔だったらしい。少なくとも、この町のもんじゃねえな。宮司によると、なにか言い争っていたみたいだって」

「まさか、そいつに突き落とされたんじゃ……」

脳裏に浮かんだことを口走った直後、失敗したと思う。恐るおそる隣の友絵を見やると、やはり不安げな表情を浮かべていた。

「そんなはずないか。もし突き落とされたんだったら、ヒデさんがそう証言するはずですからね」

　即座に自分の言葉を否定する。友絵を安心させたい一心だったが、今度は梶原がむずかしい顔で口を開いた。

「いや、ヒデさんが庇《かば》ってるのかもしれねえな」

「な、なにを言ってるんですか。突き落とされたんだったら、どうしてヒデさんが庇うんですか」

「そこまでは、俺だってわからねえよ」

　梶原はそう言うと、むすっとした顔でカップ酒を呷《あお》った。

「無責任なこと言わないでくださいよ」

「なんだと、この野郎っ」

　孝太が食ってかかれば、梶原も大声で言い返す。本当のことがわからず、ふたりとも苛立っていた。

「喧嘩《けんか》をしないでください」

　友絵が穏やかな声で間に入る。いちばん心を痛めているであろう彼女が、唯一、冷静だった。

「お父さんのことを心配してくれて、ありがとうございます。でも、ここで喧嘩をしたところで、なにも解決しませんよ」

「お、おお、そうだな。悪かった」

「そうですね……すみませんでした」

梶原がつぶやき、孝太も頭をぺこりとさげた。

英昭のことが心配で、友絵を元気づけたい気持ちはふたりとも同じだ。なんとかしてあげたいのに、なにもできないのがもどかしかった。

「その若い男というのが気になりますね。町の人ではないのなら、かなり目立つはずですよね」

孝太は言葉を選びながら慎重に切り出した。

自分がこの町に来たときのように、その若い男も警戒されたはずだ。英昭が自分から近づくとは思えない。ひとりのときならなおさらだ。それなのに、どうして言い争いになったのだろうか。

「ヒデさんに直接聞くのが早いんじゃねえか」

梶原がカップ酒を飲みほしてつぶやいた。

「でも、昨日はただ階段から落ちたとしか言ってくれなくて……」

友絵が淋しげに答える。

「でも、今は目撃情報があるだろう。そいつをヒデさんに伝えれば、隠し通せないと思って話すんじゃねえか」

「やっぱり、なにかを隠してるんですかね」

孝太が口を開けば、梶原は眉間に皺を寄せて頷いた。

「たぶんな」

その言葉は、みんなの気持ちを代弁している。

確証はないが、なにかがある気がしてならない。英昭には秘密がある。それがなんなのか見当もつかないが、男に会ったことを話さなかったのは不自然だ。怪《け》我《が》をしたことと関係があるなら教えてほしい。

「友絵ちゃん、今から行ってきなよ」

唐突に梶原が提案する。

「でも、お店が……」

「店番なら俺がやるよ。飲み物しか出せないけど」

孝太はすかさず答えた。たいした稼ぎにはならないかもしれないが、それでも完全に閉めるよりはマシだと思う。

「おまえもいっしょに行くんだよ」

梶原が呆れたようにつぶやいた。

「俺もですか」

「当たり前だろう。若い男ってのが、何者かわからねえんだ。友絵ちゃんひとりじゃ危ねえだろ。おまえがボディガードするんだよ」

なるほど、それも一理ある。だが、そうなった場合、店を完全に閉めることになってしまう。

「店番なら俺がやってやる。カップ酒とビールしか出せねえけどな」

まさか梶原が店番を買って出るとは意外だった。

しかし、いちばんの問題は、孝太と友絵の間に溝ができていることだ。ふたりきりで出かけるのは落ち着かない。ところが、そんなことにはお構いなしに、梶原がしきりに急《せ》かす。

「ほら、とっとと行けよ」

「では、梶原さん、お願いできますか」

友絵が押しきられる形で承諾する。すると、梶原はまかせておけとばかりに胸を張った。

「じゃあ、俺も……」

孝太も受け入れると、梶原に尻をパンッとたたかれた。

「痛っ……」

思わず振り返れば、梶原が片頰に笑みを浮かべる。そして、友絵をチラリと見やり、孝太にだけわかるようにささやいた。

「うまくやれよ」

いったい、どういう意味だろうか。

もしかしたら、ふたりの仲がぎくしゃくしていることに気づいたのかもしれない。もしくは孝太の友絵に対する特別な感情を感じ取ったのだろうか。いずれにしても、ふたりきりになるように仕向けたのは間違いない。

（そんなこと、しなくていいのに……）

孝太は思わず苦笑を漏らした。

田舎の人間はおせっかいで困る。頼んだわけでもないのに、よけいな気を遣っている。

（でも、ありがとうございます）

心のなかで礼を言うと、友絵といっしょに病院へ向かった。

病院は徒歩で十分ほどの場所にある。孝太と友絵は並んで歩いたが、気まずいままでひと言も話すことができなかった。

2

この港町に病院はひとつだけだ。

小さいながらも総合病院で、隣接する地域からも患者がやってくる。この沿岸の医療を支えている地域の要となる病院だ。

英昭は六人部屋に入院している。

病室に入ると、英昭は窓ぎわのベッドに横たわり、外をぼんやり眺めていた。水色の患者衣を着ており、肘《ひじ》や手首に包帯が巻かれている。幸いなことに骨折はしていないが、複数の打ち身があった。

「お父さん……」

友絵が歩み寄って声をかける。すると、英昭はゆっくりこちらを振り返った。

「おお、友絵か」

すぐにうれしそうな笑みを浮かべる。そして、孝太にも視線を向けた。

「孝太もわざわざ見舞いに来てくれたのか。悪いな」

「いえ……お怪我のほうは、どうですか」

「どうってことないよ。かすり傷だ」

強がるばかりで、本当のところはわからない。だが、おとなしく入院しているくらいなので、痛みがあるに違いない。

「ところで、店はどうなってるんだ」

やはり食堂のことが気になるらしい。ふたりがここにいるので、不思議に思ったようだ。

「梶原さんが店番をしてくれているの。出せるのは飲み物だけだけど、それでも閉めるよりはいいでしょう」

友絵が穏やかな声で答える。安心させようとしているのか、常に微笑を浮かべている。

「そうか、カジさんが……」

英昭は感謝するように、うんうんと頷いた。

「それで、具合はどうなの」

「検査の結果、異常はなかったし、このとおり元気だ。それなのに医者が休めってうるさいんだ」

「うるさいってことないでしょう。お医者さまはお父さんのために言ってくれたのよ。ずっと無理をしてきたんだから、いい機会だと思って、こういうときくらいしっかり休まないと」

友絵に説教されて、英昭は下唇を突き出した。

医者には反発しても、娘には弱いらしい。厳めしい顔をした英昭が、友絵の前でシュンとしている姿が微笑ましかった。

「あとこれ、下着の替えを持ってきたから」

友絵は持参したバッグから、タンクトップとトランクスを取り出した。

「あとで着がえるよ」

英昭が手を差し出すが、友絵は渡そうとしない。

「ダメよ。あとでとか言って着がえるつもりないでしょう。わたしが手伝ってあげる」

「いいよ。ひとりできる」

「肩を痛めてるんだから無理よ。ほら、起きて」

「イテテっ……」

英昭が顔をしかめる。神社の石階段に肩を打ちつけたと聞いていたが、かなり痛むらしい。

「俺も手伝います」

孝太はベッドの反対側にまわると、英昭の背中に手をあてがって起こした。

すると、友絵が患者衣を手早く脱がして、タンクトップもスルスルと抜き取った。そして、洗い立てのタンクトップもあっという間に着せてしまう。英昭は痛がることなく、あっさり着がえを終えていた。

「あら、娘さん、ずいぶん上手なのね」

たまたま病室に入ってきた看護師が、驚きの声をあげる。それほど友絵の手ぎわがよかったらしい。

「もしかして、介護の資格とか持ってますか」

「いえ、たまたまです」

友絵は顔をうつむかせて謙遜《けんそん》するが、確かに慣れた手つきに見えた。

「やさしいお嬢さんがいてよかったですね」

看護師に声をかけられると、英昭は照れたように笑った。

「まあな……」

もっと自慢するのかと思ったが、案外、おとなしい。ひと言つぶやいただけで黙りこんだ。

「パンツは――」

「それは自分でやる。本当に大丈夫だ」

友絵がトランクスを手にすると、英昭は慌てて奪い取る。そして、強い口調で拒絶した。

「娘さんにパンツを替えてもらうのは恥ずかしいんですね。あとでわたしたちがお手伝いしますよ」

看護師はそう声をかけて、病室から出ていった。

「まったく、よくしゃべる看護婦だな」

英昭はブツブツ文句を言っているが、友絵はまったくしゃべらない。どこか気まずそうな顔をして、ベッドの脇に置いてある丸椅子に腰かけた。

思いのほか元気そうでよかった。しかし、神社でなにがあったのか、まだ聞いていない。どういうわけか友絵が黙りこんでしまったので、ここは孝太が聞くしかなかった。

「昨日のことなんですけど……境内で誰に会ったんですか」

逡巡《しゅんじゅん》したすえ、結局、ストレートに尋ねる。まわりくどい言い方をしても意味はない。知りたいことをズバッと聞いた。

「なんのことだ」

英昭の表情があからさまに硬くなる。

若い男と会っていたことを、自分から言う気はないようだ。やはりなにかを隠しているとしか思えない。

「ヒデさんが階段から落ちる前、誰かと言い争いをしていたみたいだって聞きました」

「誰が、そんなことを言ったんだ」

「宮司さんが見ていたそうです」

孝太が答えると、英昭は思わずといった感じで顔をしかめる。見られていたとは知らなかったのかもしれない。

「ああ、そのことか……」

急に態度が変わり、作り笑顔を浮かべた。

「見たことのない若いやつがいたから声をかけたんだ。別に言い争いをしていたわけじゃないぞ。隣町からお参りに来ていただけだったよ」

明らかに嘘《うそ》だ。

よほど言いたくないらしい。これ以上、尋ねたところで収穫があるとは思えない。おそらく雰囲気が悪くなるだけだ。

（友絵さん……）

ベッドを挟んで向かいにいる友絵をチラリと見やる。

友絵は視線を落として、孝太と英昭の会話をじっと聞いていた。しかし、話に加わるつもりはないようだ。

「それなら別にいいです。知らない男がウロウロしていたら、友絵さんが危ないんじゃないかと心配になっただけですから」

孝太がそう言うと、英昭の顔色が変わった。

「もし知らないやつが訪ねてきても、絶対に相手にするなよ」

「誰か来るかもしれないんですか」

「もしもの話だ。孝太、おまえが友絵を守るんだぞ」

一変して強い口調になっている。英昭はなにかを予感しているようだ。やけに友絵のことを心配していた。

（どうしたんだよ。なにを隠してるんだ……）

胸の奥がモヤモヤする。

英昭はなにかを隠しているし、友絵もなぜか黙りこんでいる。なにが起きているのか、さっぱりわからなかった。

収穫がいっさいないまま帰路に就いた。

病院をあとにして、孝太と友絵は並んで歩いている。西の空がオレンジ色に染まっているのが物悲しい。日本海から吹きつける風が、いつにも増して冷たく感じた。

（全部、俺のせいだ……）

ふとそんな気がした。

昨夜、嫉妬に駆られて友絵を強引に抱いてしまった。そのことで溝ができたのは間違いない。友絵は心に深い傷を負って、その結果、病室で無言になってしまったのではないか。

「友絵さん……」

孝太は勇気を出して呼びかけた。

「昨日は……すみませんでした」

立ちどまって頭をさげる。

腰を九十度に折り、心をこめて謝罪した。謝ったところで許されるとは思っていない。しかし、このぎこちない空気を少しでも解消したい。せめて、友絵と英昭の仲は、もとに戻ってほしい。

「孝太さんは悪くないです」

友絵も足をとめて、ぽつりとつぶやいた。

「最初にわたしが、あんなことをしたから……孝太さんは、同じことをしただけです。気にしないでください」

「でも……」

「悪いのはわたしなんです」

友絵は荒れる海に視線を向ける。そして、なにかを考えこむように遠くを見つめた。

「わたしが本当のことを言っていれば……」

自分に言い聞かせるようなつぶやきだった。

いったい、どういう意味だろうか。さっぱりわからないが、質問できる雰囲気ではない。

(友絵さん……あなたはいったい……)

なにを心に抱えこんでいるのだろうか。

友絵は大海原を見つめたまま、静かに涙をこぼしていた。なにも語ろうとしない。潮風が吹きつけるなか、ただ声を殺して泣きつづけていた。

3

あさがお食堂は思いのほか賑わっていた。

漁師たちがカウンター席とテーブル席に大勢座っている。食べ物はないが、ビールやカップ酒を飲んで盛りあがっていた。

「お疲れさん、なにかわかったか」

すぐに梶原がふたりに歩み寄る。そして、前のめりになって尋ねた。

「それが、とくには……」

友絵が視線を落として小声でつぶやく。その横顔は、なにか大きな秘密を抱えているように映った。

「でも、ヒデさん、元気そうでしたよ」

孝太は場の空気を変えようとして、意識的に明るい声を出した。

「そうか。それならよかった。おい、みんな、ヒデさんは大丈夫だってよ」

梶原が大きな声で告げると、漁師たちの間から歓声があがった。

「ずいぶん集まってますね」

「みんな、ヒデさんのことが気になってんだよ」

梶原が言うには、英昭のことを心配して集まっていたらしい。こうして酒盛りをしながら、孝太と友絵の報告を待っていたのだ。

「みなさん、なにも出せずにごめんなさい。すぐに準備をしますから」

友絵が申しわけなさそうに謝罪する。だが、気を悪くしている者などひとりもいないだろう。

「友絵ちゃん、気にしないでくれ」

「俺たちは勝手にやってるから」

「今日は料理なんてしなくていいよ」

ここにいる漁師たちは、あさがお食堂を助けるために、食べ物がないのを承知で酒を飲みに来ている。英昭と友絵を助けたくて仕方ないのだ。

(みんな……本当におせっかいだよな)

孝太は胸に熱いものがこみあげるのを感じた。

危うく涙ぐみそうになり、奥歯をグッと食いしばる。田舎は大嫌いなはずだったのに、人情に触れたことでなにかが変わりつつあった。

漁師たちは気にしなくていいと言ったが、友絵は厨房に入っていく。少しくらいなにかを出さなければと思っているようだ。

「俺も手伝います」

孝太もじっとしていられず厨房に向かう。できることは限られているが、友絵の力になりたい。

「ありがとうございます。では、お米を研いでもらえますか。わたしはお味噌汁を作ります」

味噌汁の鯛ままを出すつもりらしい。指示してもらえたのがうれしくて、孝太はさっそく米を研ぎはじめた。

漁師たちの楽しげな声を聞きながら、友絵とふたりで料理の準備をする。彼女が胸になにを抱えこんでいるのかはわからない。それでも、こうして働ける時間にささやかな幸せを感じていた。

しかし、突然の来訪者が、あさがお食堂の穏やかな空気をぶち壊す。

引き戸が開け放たれて、見知らぬ若い男が入ってきたのだ。それまで盛りあがっていた漁師たちも黙りこむ。その場に居合わせた全員の視線が、若い男に向けられた。

年は二十代なかばといったところか。ジーパンに濃紺のダウンジャケットという服装だ。この町の者ではない。ごく普通の青年に見えるが、これだけ注目されても物怖じしていない。

店内を見まわしてから、うしろ手に引き戸を閉める。そして、漁師たちが警戒するなか、まっすぐカウンターに歩み寄った。厨房に視線を向けながら、空いている席に腰かけた。

「いらっしゃいませ」

孝太は声をかけながら内心身構える。

なにかおかしい。この男は危険な気がする。友絵に近づけたくなくて、ガードするように立ちはだかった。

（きっと、この男が……）

考えていることはみんな同じだ。

英昭は石階段から転落する前、境内で若い男と言い争いをしていたらしい。ここは、よそ者がめったに立ち寄ることのない田舎の港町だ。見知らぬ男を疑うのは当然のことだった。

しかし、証拠はなにもない。いきなり問いつめることもできず、とりあえず客として扱うしかないだろう。

「今日は料理を出せないんです。飲み物だけなんですが」

「ジュースはありますか」

「オレンジジュースでよろしければ」

孝太の言葉に男はこっくり頷いた。

厨房の冷蔵庫に向かうと、オレンジジュースの瓶を取り出して、グラスといっしょにトレーに載せる。それを男のもとに運ぼうとしたとき、友絵に声をかけられた。

「わたしが行きます」

「いや、でも……」

「あの人、わたしに用事があるみたいだから」

友絵はそう言って、カウンター席をチラリと見やる。つられて孝太も振り返ると、あの男が友絵のことをじっと見つめていた。

（なんなんだ……）

いやな予感がする。

友絵を行かせてはならない。そう思うが、友絵はトレーを持って、カウンターに向かってしまう。

「お待たせしました」

男の横に立ち、友絵がオレンジジュースの瓶とグラスをカウンターに置く。その間、男は友絵の顔をじっと見つめていた。

「あの、わたしになにか……」

「あなたが友絵さんですか」

唐突に男が尋ねる。

友絵は警戒心を露にしながら頷いた。

どうして、友絵の名前を知っているのだろうか。漁師たちはひと言もしゃべらず、ふたりに注目している。孝太も厨房で聞き耳を立てている。

「俺、西沢隆也《にしざわたかや》と言います」

男が名乗る。友絵は聞き覚えがないのか、首を微かに傾げた。

「わかりませんか」

隆也と名乗った男が友絵に問いかける。どこか棘《とげ》があり、知らないはずがないとでも言いたげだ。

「俺には姉がいます。いえ、いました。四年前に亡くなったんです」

なにやら重い話になる。隆也は淡々とした口調だが、友絵を見つめる目には厳しさが感じられた。

「血のつながらない姉でしたが、やさしい人でした。生きていれば、ちょうどあなたくらいの年だと思います」

いったい、なにを言いたいのだろうか。

孝太にはさっぱりわからないが、友絵は頬の筋肉をひきつらせている。顔から血の気が引いており、唇が小刻みに震えていた。

(友絵さん……)

声をかけようとしたときだった。

友絵が手にしていたトレーを落として、大きな音が店内に響きわたる。静まり返っていたので、なおさら音がうるさく感じた。

「ご、ごめんなさい。ちょっと気分が……外の空気を吸ってきます。孝太さん、あとをお願いします」

友絵はそう言うと、食堂から出ていってしまう。

どうしたというのだろうか。突然のことに孝太も漁師たちも固まったまま動けない。そんななか、隆也だけがカウンターに千円札を置いて立ちあがった。

「ごちそうさま」

ジュースに手をつけていないが、代金を払って店を出ていく。

友絵のあとを追いかけたのではないか。気が気でないが、友絵に店のことを頼まれている。今ここを離れるわけにはいかない。梶原に代わってもらうことも考えたが、それも無責任な気がした。

「くっ……」

動けないのがもどかしい。

友絵のことが心配だ。しかし、どういうわけか隆也が危害を加えるとは思えない。それどころか、どこか育ちのよさが感じられた。ただ、彼もまた胸に深い悲しみを抱えているようだった。

「さっきのやつ、誰なんだよ」

「友絵ちゃんの知り合いみたいだったけど……」

「なんか、友絵ちゃんもヘンだったよな」

緊張から解放されて、漁師たちが話しはじめる。

彼らも切迫したものを感じていたらしい。慌てて友絵を追いかける者はひとりもいなかった。

　孝太もあれこれ考えるが、わかるはずがない。友絵を追いかけたいが、客がいるうちは動けなかった。

4

　三十分ほどして、漁師たちが帰った。

　孝太はすぐに店を閉めると飛び出した。友絵が戻ってこない。いったい、どこに行ったのだろうか。

　すでに日は完全に落ちている。街路灯はポツポツとしかないが、青白い月明かりがあたりを照らしていた。

　冷たい風が吹いており、気温はだいぶさがっている。友絵はダッフルコートを着ていたが、それでも長時間、外にいれば身体は冷えきってしまう。居ても立ってもいられず、孝太は思わず走り出した。

（友絵さん、どこだ……どこにいるんだ）

　脳裏に浮かんだのは神社だ。

友絵は英昭のことを心配している。今、彼女が自分の意志で向かうとしたら神社ではないか。英昭が転落した石階段や、誰かと言い争っていたという境内が気になっているはずだ。

確信はないが、思いついた場所をしらみつぶしに探すしかない。神社は食堂のすぐ裏だ。走って向かうと朱色の鳥居と神社の石階段が見えた。しかし、友絵の姿は見当たらない。

孝太は立ちどまることなく、石階段を一気に駆けあがる。

神社は山の斜面に建立されている。そのため、お参りをするには百段もある石階段をあがらなければならない。英昭は毎日、ここをあがっていたというから驚きだ。

石階段をあがると、ちょっとした広場になっていた。そこに手水舎《ちょうずや》があり、奥に拝殿が見える。月明かりに照らされた神社は思いのほか立派だ。海の男は縁起を担ぐというから、参拝者が多いのかもしれない。静謐《せいひつ》な空気が漂っており、ここに居るだけで身が引きしまる思いだ。

しかし、人影はまったくない。宮司の住まいは麓《ふもと》の一軒家だと聞いている。すでに帰宅したのか、境内はシーンと静まり返っていた。

（ここにはいないな……）

捜すまでもなく、誰もいないのは一目瞭然《いちもくりょうぜん》だ。

周囲が森になっているため、月明かりが降り注いでいても、なんとなく淋しい印象になっている。こんなところにひとりでいるとは思えない。

時間の無駄だと思って、すぐに石階段をおりようとする。だが、なんとなく気になった。念のため敷地内を歩きまわり、手水舎の陰をのぞいてみる。しかし、友絵の姿は見当たらない。

（いるわけないか……）

ほかの場所を捜そうと思って、石階段に向かおうとした。ところが、なぜかこの神社が気になった。

特別、勘が鋭いほうではない。だが、なにかが心に引っかかる。ただ単に、友絵を思う気持ちが強いだけかもしれない。いや、もしかしたら虫の知らせというやつだろうか。

（まさか……）

ふと森に視線を向けて、背すじに冷たいものを感じた。

森のなかは木々の枝が張り出しているため、月明かりが届かない。この奥に向かったとしたら捜し出すのは困難だ。

――悪いのはわたしなんです。

――わたしが本当のことを言っていれば……。

友絵の言葉が脳裏によみがえる。

なにか悩みを抱えていたのは間違いない。それなのに、どうして話を聞いてやらなかったのだろうか。

（クソッ……俺はなにをやってるんだ）

拳《こぶし》を手のひらに打ちつける。

じっくり話をしていれば、友絵の心は平穏を取り戻していたかもしれない。今ごろになって後悔してもあとの祭りだ。とにかく、最悪の事態が起きる前に見つけ出さなければならない。

「友絵さん……」

森の前に立って呼びかける。

下手に足を踏み入れると、迷って出てこられなくなりそうだ。しかし、友絵はここにいる気がしてならない。とにかく、生存を確認したい。孝太は必死に目をこらして暗い森のなかを見つめた。

「友絵さんっ、返事をしてください」

呼びかけては耳を澄ます。

友絵から返事があるかもしれない。声を出せない状況なら、なにか音を立てて合図をするかもしれない。わずかな物音も聞き逃さないように、全神経を耳に集中させる。

「友絵さん、俺の声が聞こえたら返事をしてくださいっ」

もう一度、呼びかける。

自分の声が山に反響して、ほかの音が聞き取れない。しばらくすると、再び怖いくらいの静寂が訪れた。少し待っても返事がないので、さらに呼びかけようとしたときだった。

「うっ……」

微かな声が聞こえた。

気のせいかもしれない。息を殺して耳をそばだてる。すると、再びなにかが聞こえた。

「うっ……うぅっ」

押し殺したようなすすり泣きだ。

友絵の声に似ている。懸命に聞こえる方向を探り、森のなかを見つめる。しかし、友絵の姿を捉えることはできない。

（森じゃないのか……）

静かすぎるせいか、小さな音がやけに響く。

声がどこから聞こえているのかわからなくなる。森ではなく、ほかの方角から聞こえている気がした。

慎重に顔の向きを変えて、声の出所を探る。拝殿の近辺ではないか。森ではなく、拝殿の裏に身を潜めているのかもしれない。そんなところに身を隠す理由がわからないが、とにかく孝太は歩を進めた。

「友絵さん……俺です。孝太です」

驚かせないように呼びかけながら近づいていく。

薄暗いが、怖さは感じない。拝殿の角から裏をそっとのぞきこむと、誰かがうずくまり、背中を壁に預けていた。

「と、友絵さんっ」

膝の間に顔を埋めているので表情は確認できない。それでも、すぐに友絵だとわかった。

「大丈夫ですか」

孝太は急いで駆け寄ると、目の前にしゃがみこむ。そして、彼女の両肩にそっと手を置いた。やさしく触れたつもりだが、友絵の身体は驚いたようにビクッと跳ねた。

「こ、孝太さん……」

ゆっくり顔をあげると、濡れた瞳で孝太を見る。

視線が重なり、友絵の顔がクシャッと歪む。目に涙の粒が盛りあがり、瞬く間に決壊して白い頬を濡らしていく。青白い月明かりのなか、友絵は悲しげに涙を流していた。

肩が小刻みに震えている。寒さのせいなのか、それとも、なにかに怯えているのかはわからない。とにかく、大粒の涙を流して震える姿から、今にも消えてしまいそうな儚さを感じた。

「どうして、すぐに返事をしてくれないんですか」

「わ、わたし、孝太さんに……い、言えないことが……」

かわいそうなほど声が震えている。涙が次から次へと溢れて、子供のように泣きじゃくっていた。

「言いたくないことは、言わなくてもいいです。それより、友絵さんになにかあったら、後悔してもしきれませんよ」

孝太は思わず抱きしめると、頬をそっと押し当てる。友絵の頬は氷のように冷たい。だから、なおさら強く押しつけた。

「こんなに冷たくなるまで……ずっと、ひとりだったんですか」

遠まわしに尋ねる。

隆也の動向が気になっていた。友絵を追いかけるように食堂を出たが、あのあと会ったのだろうか。

「はい……ずっとひとりでした」

友絵は小さく頷いた。

ということは、あさがお食堂を飛び出して、三十分以上はここにいたことになる。暗いなか、ひとりきりでうずくまっていたのだ。そんな彼女がかわいそうでならない。とにかく、身体を温めないと風邪を引いてしまう。

「立てますか」

手を持って立ちあがらせると、いきなり正面から抱きしめる。しかし、それくらいでは震えが鎮まらない。

（なんとかしないと……）

自分にできることを必死に考える。

躊躇している暇はない。ブルゾンの前を開くと、友絵の震える身体を包みこんだ。全身を使って、なんとか彼女を温めたい。なにも持たない自分にできるのは、それくらいしかなかった。

友絵はいやがることなく、孝太の腕に包まれている。そのまま黙りこんで、ただじっとしていた。

「あったかい……」

どれくらい経ったのだろう。友絵がぽつりとつぶやいた。

先ほどまでとは雰囲気が違っている。いつしか身体の震えが鎮まっており、口調も穏やかになっていた。

「孝太さん、温かいです」

「さっき走ったから……」

孝太は照れ隠しで、ぶっきらぼうにつぶやく。

二度も身体を重ねた仲だが、こうして服を着たまま抱き合っているのは、あらためて考えると恥ずかしい。裸で腰を振り合っているときは興奮状態なので気にならないが、今は冷静だった。

「階段を駆けあがって、それで熱くなったんです」

「違います。孝太さんは、心が温かいんです」

友絵は胸板に頬を押し当ててささやく。そして、ブルゾンのなかで、孝太の体に両手をまわした。

「汗ばんでますよ……俺、汗くさくないですか」

「孝太さんの匂いです。くさいはずありません」

まったく気にすることなく、友絵は胸板に頬ずりをくり返す。

そんなことをされると、孝太はますます恥ずかしくなり、顔が熱くなるのを感じた。薄暗くてよかったと思う。この月明かりの下では、赤面してもわからないはずだ。

「いつか必ず、お話しします」

友絵がぽつりとつぶやく。

胸に抱えこんでいる秘密のことだ。無理に話す必要はないが、彼女は黙っていることをずっと気にしている。

「ただ友絵さんの力になりたいだけです。俺は知らないままでも構いません。お気になさらないでください」

できるだけ穏やかな声で答えた。

友絵の胸のうちはわからない。英昭が怪我をしたことで動揺した。兄である護への想いも彼女を苦しめていたに違いない。あの隆也という男も関係しているのかもしれない。ほかにも大きな秘密を抱えているようだ。

だが、今は詮索するより、元気を取り戻してほしい。そして、気が向いたときに話してくれればいい。

(でも、そのとき、俺はいないかもしれませんけど……)

心のなかでつぶやくが、声に出すのはやめておく。

孝太は旅人などではない。行く当てもなく放浪しているだけだ。この町が気に入ったからこそ長居はできない。親切な人たちに迷惑をかけたくない。英昭が退院して仕事に復帰したら、すぐに立ち去るつもりだ。

でも今は、この空気を壊したくない。こうして友絵と抱き合っていると、心がほっこり温かくなる。

(友絵さん……俺、やっぱり、友絵さんのことが……)

どうしようもなく惹かれている。

友絵はわからないことばかりだが、悪い人ではない。なんの根拠もないが、それだけは確信している。だから、触れ合っているだけでも、心が癒されていくのだと思う。

「あっ……」

友絵が小さな声を漏らした。

いったい、どうしたのだろうか。孝太の体に抱きついたまま、なにやら腰をもじもじさせている。

「友絵さん、どうかしましたか」

孝太は声をかけながら、己の下半身に異変を感じていた。

(ま、まさか、こんなときに……)

いやな予感が胸のうちでふくれあがる。

だが、この状況では確認のしようがない。たとえ確認できたとしても、もう手遅れのような気がする。

「あの、孝太さん……」

胸板に頰を押し当てていた友絵が、顔をゆっくりあげる。もう、涙はとまっているが、瞳はしっとり潤んでいた。

「どうして、硬くなってるんですか」

　その言葉で確信する。

　やはりペニスが硬くなっていた。友絵と抱き合ってリラックスしたのかもしれない。気を抜きすぎたことで、体が素直に反応してしまった。この状況で勃起するとは最悪だ。硬くなってつっぱったチノパンの股間が、彼女の下腹部に密着していた。

「す、すみません……友絵さんとくっついていたら、なんか……」

　素直に謝罪するしかなかった。

　この場の空気は壊してしまったが、謝れば許してもらえると思っていた。ところが、友絵は胸もとから見あげて、甘くにらみつけていた。

「わたしのせいだと言いたいのですね」

「い、いえ、決してそういうわけでは……すみません」

　焦って謝罪の言葉をくり返す。しかし、友絵はなぜか下腹部をさらに強く股間に押しつけた。

「わかりました。そういうことでしたら、わたしが責任を取らなければいけませんね」

友絵はそう言うと、チノパンの股間に手のひらを重ねる。そして、ゆるゆると撫ではじめた。

5

「うっ……」

孝太は思わず呻き声を漏らして腰を引く。

すると、友絵は孝太の背中を拝殿の壁に押しつけた。そうやって逃げられないようにしてから、再びチノパンの上から股間を撫でまわす。孝太の顔を見つめながら、硬くなったペニスを愛おしげに擦りあげていた。

「と、友絵さん……な、なにを……」

「だって、こんなに硬いのを押し当てられたら……」

友絵の瞳はねっとり潤んでいる。

月明かりの下でも、欲情しているのがはっきりわかる。勃起したペニスをわざと押しつけたわけではないが、結果として友絵を刺激したらしい。トロンとした表情で、チノパンの股間をねちっこく撫でている。

「そ、そんなにされたら……」

「我慢できなくなっちゃいますか」

友絵はからかうように言いながら、ベルトを緩めてチノパンを膝まで引きさげる。さらにボクサーブリーフもおろして、勃起したペニスを寒空の下で剝き出しにした。

「ちょ、ちょっと……」

冷気が肉棒にまつわりつく。

いくら怒張していても、この寒さは強烈だ。一気にしぼむかと思ったが、それより早く彼女の細い指が太幹に巻きついた。

「ううっ……」

「あンっ、硬いです」

直接、握られてしごかれると、男根はしぼむどころか硬さを増していく。雄々しく反り返り、亀頭はこれでもかと張りつめた。

「うれしかったんです、孝太さんが捜しに来てくれて」

友絵が目の前にしゃがみこむ。そして、孝太の股間に顔を寄せて、吐息が亀頭に吹きかかった。

「くうっ」

「だから、お礼をさせてください」

「お、お礼って、まさか――おううッ」

孝太の声は途中から快楽の呻きに変わっていた。

いきなり、友絵が亀頭を口に含んだのだ。ぱっくりと咥《くわ》えこんで、唇をカリ首に密着させている。ペニスの先端を熱い口腔粘膜《こうくうねんまく》に包まれて、鮮烈な快感がひろがった。

「ううッ、こ、こんなこと……」

心の準備がまったくできていなかったため、なおさら刺激を強く感じる。腰が震えて、我慢汁がドクドク溢れるのがわかった。

「あむううっ」

友絵は微かに呻いている。両手を孝太の腰にそっと添えて、睫毛をうっとり伏せていた。

「そ、外なのに……」

快楽がひろがり、孝太は困惑を隠せない。

ここは神社の境内だ。しかも拝殿の壁に寄りかかっている。こんな状態で、まさか友絵にペニスを咥えられるとは思いもしない。セックスになると大胆になるのは知っていたが、ここまでするとは驚きだ。

「はむンンっ」

友絵はときおり小さな声を漏らしている。

呼吸が荒くなっているようだ。もしかしたら、この状況に興奮しているのかもしれない。ペニスをしっかり咥えたまま放す気配がなかった。

(こ、これが友絵さんの……)

孝太は唇と舌の感触に陶然となっている。

ピンク色の唇は今にも溶けてしまいそうなほど柔らかい。それなのにカリ首を猛烈に締めあげているのだ。柔と剛が入りまじり、その感触だけでも、我慢汁が大量に噴き出してしまう。

しかも、口のなかでは唾液を乗せた舌が、亀頭の表面をヌラヌラと這いまわっている。まるで飴玉《あめだま》のように舐めしゃぶられて、身も心も蕩けるような快楽がひろがっていた。

「ンンっ……気持ちいいですか」

友絵が亀頭を咥えたまま、くぐもった声でつぶやく。伏せていた睫毛を持ちあげて、潤んだ瞳で孝太を見つめていた。

（あ、あの友絵さんが……く、口で……）

己の股間を見おろせば、友絵がペニスの先端を口に含んでいる。しかも、上目遣いに孝太の顔を見つめているのだ。視線が重なることで、なおさら興奮が刺激される。友絵にフェラチオされていると思うと、欲望がどんどんふくれあがっていく。

「ウンンっ……」

友絵が顔をゆっくり押しつけて、ペニスを根元まで呑みこんでいく。唇がヌルヌル滑る感触が心地よい。しかも、冷気にさらされた直後なので、なおさら友絵の口が熱く感じる。

「ううっ、き、気持ちいいです」

孝太は思わずつぶやいた。

肉棒を根元まで咥えられて、腰が小刻みに震えてしまう。そんな孝太の反応に気をよくしたのか、友絵はうれしそうに目を細める。そして、頭をゆったり振りはじめた。

「ンっ……ンっ……」

微かに鼻を鳴らしながら、唇で太幹をしごきあげる。舌で亀頭を舐めまわすとも忘れない。カリの裏側にまで入りこみ、唾液をたっぷり塗りつけられる。尿道口をチロチロくすぐられると、さらなる快感が押し寄せた。

「おおっ、す、すごいっ」

たまらず呻いて、背後の壁に爪を立てる。

孝太が寄りかかっているのは拝殿だ。神社でこんなことをしてはいけない。そう思うほどに背徳感がふくらみ、なおさら快感が大きくなってしまう。ここが神社の境内だから、いつも以上に興奮してしまうのだ。

「あふっ、孝太さん……はむンンっ」

友絵はペニスを深く咥えこむと、頬がぼっこり窪《くぼ》むほど吸いあげる。とたんに鮮烈な刺激が、股間から脳天に突き抜けた。

「くううッ、ダ、ダメですっ」

慌てて訴えるが、友絵はやめようとしない。尿道のなかの我慢汁が吸い出されて、凄《すさ》まじい快感がひろがっていく。

「そ、そんなに吸われたら……うううッ」

「はむううッ」

「くおおおッ、ま、待ってくださいっ」

懸命に射精欲をこらえるが、友絵の愛撫は加速する一方だ。

休むことなくリズミカルに首を振りはじめて、睾丸のなかの精液が瞬間的に沸騰する。ジュブッ、ジュブッという唾液の弾ける音も卑猥《ひわい》で、頭のなかがまっ赤に燃えあがった。

「あふッ……むふッ……はむンッ」

「ほ、本当にダメですっ、うううッ」

このままでは暴発してしまう。両手で彼女の頭を引き剝がそうとするが、快感に負けて力が入らない。そんなことをしているうちに、射精欲はさらにふくらんでしまう。

「くうううッ」

「出して……このまま出してください」

友絵が首を振りながら、モゴモゴとつぶやく。そのくぐもった声が引き金となり、ついに快感の大波に吞みこまれてしまう。

「くおおおッ、で、出るっ、ぬおおおおおおッ！」

たまらず唸り声をあげて、思いきり精液を放出する。友絵の頭を両手で抱えこみ、熱い口腔粘膜に包まれた状態でペニスを脈動させた。大量の精液が勢いよく噴きあがり、全身が痙攣するほどの快感がひろがった。

「はむううぅッ」

友絵はペニスをしっかり咥えて、欲望の丈をすべて受けとめてくれる。しかも注ぎこまれるそばから、喉をコクコク鳴らして飲みくだした。

（あの友絵さんが……）

孝太は快楽の海に溺れながら、友絵のうっとりした顔を見おろしていた。

食堂で働く姿からは想像ができない色っぽい表情だ。友絵のこんな姿を漁師たちが目にしたら卒倒するに違いない。人気者の友絵を独占していると思うと、さらなる興奮が湧きあがった。

大量の精液を放出して、ようやくペニスの脈動が鎮まる。

友絵は尿道に残っている精液の残滓《ざんし》も吸い出すと、尿道口を舌で丁寧に舐めてきれいにしてくれた。

「たくさん出ましたね」

ようやくペニスを解放して、友絵が照れたような笑みを浮かべる。

自分の大胆な行動が恥ずかしくなったらしい。それでも興奮しているのか、射精直後のペニスを指でゆったりしごいていた。

6

「まだ……できますよね」

友絵は立ちあがると遠慮がちにつぶやいた。

そして、自ら拝殿の壁に両手をついて、尻を後方にグッと突き出す。それは立ちバックのポーズにほかならない。

(まさか、友絵さんがこんなことまで……)

孝太は思わず息を呑んだ。

あの友絵が屋外で立ったまま、うしろから挿入されることを望んでいる。顔に似合わず情熱的だ。もしかしたら、不安をごまかしたいのかもしれない。孝太と同じように、温もりを感じることで癒されるのではないか。

「孝太さんが……ほしいです」

濡れた瞳で振り返り、友絵がおねだりの言葉を口にする。

これが部屋なら躊躇はしない。しかし、ここは神社の境内だ。いくらなんでもセックスするのは罰当たりではないか。そう思いつつ、自分もペニスをギンギンに勃起させていた。

「お、俺も……」

つぶやく声が興奮のあまり震えてしまう。

射精した直後だというのに挿入したくてたまらない。欲望はどこまでもふくれあがり、すべての感情を凌駕《りょうが》していく。

（挿れたい……友絵さんとひとつになりたい）

もはや頭にあるのはそれだけだ。

欲望のままに友絵のコートとスカートをまくりあげる。ストッキングに包まれた尻が露になり、月明かりの下で白いパンティが透けているのがわかった。すかさずストッキングとパンティに指をかけると、二枚まとめて引きおろす。とたんに肉づきのいい双臀《そうでん》がタプンッと揺れながら剝き出しになった。

「あっ……」

友絵が小さな声を漏らして、尻たぶにキュッと力をこめる。

冷気が尻たぶを撫でた刺激に反応したらしい。それでも腰を少し反らして、尻を突き出したポーズは崩さない。逞《たくま》しいペニスで突かれることを望んで、誘うように腰をよじらせた。

両手を尻たぶにあてがうと、臀裂をグッと割り開く。月明かりに照らされた陰唇が、妖しげな光を放っている。濡れているのは間違いない。しかも、大量の華蜜でドロドロになっていた。

「こんなに……」

孝太は思わず前のめりになって凝視する。

これほど濡れている女陰を見たことがない。ペニスをしゃぶったことで興奮したのだろうか。愛蜜は内腿まで広範囲で濡らしており、牡を誘うような甘酸っぱい香りを放っていた。

「ああっ、恥ずかしいです……そんなに見ないでください」

大胆な行動とは裏腹に、決して恥じらいを忘れない。そんな友絵のギャップにますます惹かれていく。

「友絵さんっ……」

いきり勃ったペニスの先端を、濡れそぼった陰唇に押し当てる。そして、体重を浴びせるようにして、ヌプリッと沈みこませた。

「あああッ」

友絵の頭が跳ねあがり、唇から喘ぎ声がほとばしる。同時に背中が大きく反り返って、膣口が太幹を食いしめた。

「ううぅッ、す、すごいっ」

いきなり呻き声が漏れてしまう。

女壺のなかはマグマのように熱く、しかも激しくうねっている。容赦なくペニスにからみつき、一気に奥へと引きこんだ。

「あああッ、そ、そんな、いきなり……」

「と、友絵さんのなか、すごくうねって……くううッ」

自然とピストンがはじまり、肉棒をグイグイと出し入れする。張り出したカリで膣壁を擦りあげれば、早くも女体に痙攣が走り抜けた。

「あううッ、は、激しくしないでください」

友絵が訴えるが、腰の動きはますます速くなってしまう。快感が快感を呼ぶため、力をセーブすることができない。

「はああッ、お、お願いです、ゆっくり……」

「む、無理です、気持ちよすぎて……おおおおッ」

呻き声をあげながらのピストンだ。

孝太は彼女の腰をコートの上からしっかりつかみ、ペニスを思いきり抜き挿しする。屋外での立ちバックなどはじめてだ。異常なほど昂っており、ピストンを緩めることなど不可能だ。欲望にまかせて力強く腰を打ちつける。

「ああッ……ああッ……は、激しいですっ」

友絵の声が拝殿の壁に反響して、夜の闇《やみ》に溶けていく。

抗議するようにつぶやくが、いつしか抽送に合わせて腰を振っている。ペニスをより深く受け入れようとしているのか、尻を何度も突き出した。

「き、気持ちいいっ、くおおおッ」

一度射精しているというのに、快感は瞬く間にふくれあがる。早くも最後の瞬間を意識しながら、猛烈に腰を振り立てた。

「あああッ、お、奥っ、ああああッ」

友絵の声も大きくなる。

感じているのは間違いない。愛蜜の量は増えつづけており、湿った音が大きくなっている。ペニスを抜き挿しするたび、女体の震えが激しくなり、膣の締まりも強くなった。

「くおおッ、と、友絵さんっ、おおおおおッ」

名前を呼びながらのピストンで、感情が高まっていく。

こうして神社の境内で背徳的に交われば、かつて経験したことのない快楽と興奮が押し寄せる。孝太はひたすらに腰を振り、勃起したペニスで蜜壺のなかを思いきりかきまわした。

「ああッ、はああッ、も、もうっ、もうダメですっ」

絶頂が迫っているのは明らかだ。友絵が尻を突き出して、艶めかしい喘ぎ声を振りまいた。

「くおおおッ、お、俺もですっ、おおおおッ」

孝太の射精欲も限界までふくらんでいる。決壊を予感しながら、全力で腰を振りまくった。

「い、いいっ、あああああッ」

友絵の喘ぎ声がいっそう大きくなる。尻を突き出した格好で硬直したと思ったら、急激にガクガクと震え出す。

「はあああッ、イ、イクっ、イキますっ、ああああああああッ！」

ついに友絵がよがり泣きを響かせながら昇りつめていく。拝殿の壁に爪を立てて、背中を反らしたまま全身を震わせた。

「くおおおッ、お、俺もっ、ぬおおおおおおおおおッ！」

孝太も雄叫びを振りまき、またしても精液を噴きあげる。

彼女のアクメに巻きこまれて、うねる膣のなかで思う存分、ザーメンを放出した。二度目だというのに精液が大量に出て、自分でも驚いてしまう。かつて経験したことのない興奮と快感が四肢の先までひろがっていた。

ふたりの乱れた呼吸の音だけが響いている。

孝太も友絵も言葉を発する余裕はない。しばらく無言のまま、深い絶頂の余韻に浸っていた。

（やっぱり、最高だ……）

孝太はあらためて実感する。

惹かれる気持ちがとまらない。まだ友絵の背中に覆いかぶさった状態で、奥までつながっている。できることなら、ずっとこのままでいたかった。

やがて呼吸が整うと、半萎えのペニスをゆっくり引き抜いた。

膣口はぱっくり開いたままで、一拍置いてから精液と愛蜜のまざった白い液体が逆流する。それが地面に滴り落ちると、友絵はコートのポケットからティッシュを取り出した。

「よかったら、これ使ってください」

「ありがとうございます」

それぞれ股間を処理して身なりを整える。

一時的に満たされた気分だ。しかし、この満足感が継続しないことを知っている。いずれ孝太がこの町を出ていくことに変わりはない。ふたりに未来がないと思うとやはり淋しかった。

「なにかお手伝いできることがあったら言ってください」

孝太は心をこめて語りかける。

いっしょにいられる間だけでも、友絵の力になりたい。彼女の悩みを解消する力はないが、なにか手伝いをさせてほしい。好きになった女性の役に立ちたいと思うのは当然のことだ。

「孝太さん……ありがとうございます」

友絵はぽつりとつぶやき、微笑を浮かべる。そして、なにかを考えるように黙りこんだ。

「近いうちに、お願いしたいことがあります」

予想外の言葉だった。

結局、なにも手伝いができないまま、立ち去ることになると思っていた。だから、友絵が提案してくれるとは意外だった。

「俺にできることなら、なんでもやります」

思わず前のめりになって告げる。彼女との距離がグッと近づいた気がしてうれしかった。

「約束してくれますか」

「もちろんです」

まだ内容はわからないが、友絵が無茶な要求をするとは思えない。彼女が望むことなら、どんなことでも全力で手伝うつもりだ。

「約束します。俺にまかせてください」

「それなら、わたしがお手伝いを頼むまで、勝手にいなくなったりしないでくださいね」

友絵はにこりともせず、孝太の顔をまっすぐ見つめる。

一瞬、孝太は言葉につまってしまう。どういうつもりで言ったのか、真意を測りかねていた。

「約束、していただけますね」

友絵が念を押す。

「え、ええ……」

孝太は慌てて返事をすると頷いた。

「よかった……孝太さん、急にいなくなってしまうような気がしたから」

ようやく友絵の顔に微笑が浮かんだ。

もしかしたら、孝太の揺れる心に気づいていたのかもしれない。

胸のうちを明かしていないのは孝太も同じだ。自分のことをなにひとつ話していないのに、友絵は温かく受け入れてくれた。感謝してもしきれないが、まだ素直になれずにいる。

自分のことを打ち明ける気はない。それどころか、この町から出ていくことばかり考えている。

(俺は、いつまでここに……)

これからのことは、なにも決まっていない。明日のことすら、どうなるのかわからない状態がつづいている。

本来なら、とっくに行き倒れているはずだった。

生まれ故郷の田舎を嫌って上京したが、挫折して仕事も住む場所も失った。そして、放浪しているうちに、この港町に流れ着いた。故郷にイメージがかぶる田舎に辟易《へきえき》しながらも、人情に触れて胸を熱くする。そんな自分に気づいて、誰よりも孝太自身が動揺していた。

だが、いずれまた流れていくのは必然だ。孝太のそんな捨て鉢な心を、友絵は見抜いていたのではないか。

「約束……」

友絵が右手の小指を差し出した。

「わたしがお手伝いを頼むまで、いなくなったらダメですよ」

「はい……約束します」

孝太も右手の小指を差し出して、そっと組み合わせる。

「指きりげんまん、ウソついたら――」

友絵が腕を振りながら歌いはじめた。

少し照れくさいが、孝太もいっしょに歌ってみる。

指きりげんまんをするのは、いつ以来だろうか。幼いころにやったことはあるが、相手は覚えていない。指きりげんまんだけではなく、子供どうしであまり遊んだ記憶がない。

思い返せば、神童などと呼ばれて子供らしく振る舞えなかった。強要されたわけではない。自分で勝手に背伸びしていた。今ならわかる。無理をして周囲の期待に応えようとしていたのだ。

(俺は、なにを……)

触れている小指が熱い。友絵と触れ合っている今このときが愛おしくてたまらない。

ふいに鼻の奥がツンとなる。慌ててこらえようとするが、間に合わずに熱い涙が溢れ出した。

第四章　抑えきれない欲望

1

翌日、あさがお食堂は漁師たちで賑わった。

友絵と孝太のふたりで切り盛りした。メニューは限定されていたが、それでも文句を言う者はひとりもいない。梶原にいたっては積極的に動いて、配膳を手伝ってくれた。

あさがお食堂は、みんなが応援してくれる温かい場所だった。

この店を守りたいとみんなが思っている。英昭が戻るまで、なんとか支えていこうという気持ちがうれしかった。

神社の境内で過ごした時間が、孝太と友絵の距離を縮めている。ふたりの息はぴったりで、仕事は思いのほか順調だった。

友絵が調理をして、孝太は洗いものを担当した。配膳は手の空いている者が適宜行った。言葉を交わす余裕がないほど忙しかったが、相手を思いやることで意思疎通ができた。

（このまま、ふたりでやっていけるんじゃ……）

そんな夢を見るほど、息が合っていた。

東京で働いていたときは、仕事に喜びを感じたことはなかった。ただただ屈辱の日々で、自尊心がどんどん削られていった。あんな状態で働いていれば、いずれ限界が来るのは目に見えていた。

そんな経験があった孝太にとって、今日は夢のような時間だった。閉店後のあとかたづけも、まったく苦にならなかった。


「孝太さん、お願いがあります」

晩ご飯を食べ終えると、友絵が静かに切り出した。

なにかを決心した迷いのない表情だ。普通ではないものを感じて、孝太は居住まいを正した。

「明日の午後、あさがお食堂は臨時休業にして、お父さんのお見舞いに行くことにしました」

どこまでも穏やかな声音だ。

友絵が悩んでいたのを知っている。なにか大きなものを抱えこんでいた。しかし、今はすっきりした顔になっている。さまざまな葛藤を乗りこえて、覚悟を決めたのかもしれない。

「孝太さんもいっしょに来ていただけますか」

「ヒデさんのお見舞いにですか」

「はい。そこでふたりにお話ししたいことがあります」

そう言われてピンと来た。

――いつか必ず、お話しします。

友絵の言葉を覚えている。

まだ先のことだと思っていたが、心の整理ができたらしい。友絵は秘密を話すつもりに違いない。

「約束、忘れていませんよね」

友絵はそう言って、右手の小指をすっと立ててみせる。指きりげんまんのポーズだ。

「どうしても、お話を聞いていただきたいのです」

「話を聞くことが、友絵さんを助けることになるんですか」

孝太が確認すると、友絵はこっくり頷いた。

病室で英昭と孝太に向けて話すという。英昭はそろそろ退院するはずだが、それを待てないらしい。物事にはタイミングというものがある。よほど彼女のなかで気持ちがふくれあがっているのかもしれない。

「わかりました。では、明日の午後、ヒデさんのお見舞いに行きましょう」

孝太は力強く頷いた。

そろそろ自分も覚悟を決めるときかもしれない。友絵に自分のことを打ち明けてから去るのか、それとも黙ってこの町を出ていくのか。いずれにせよ、別れのときが迫っていた。

2

病室に足を踏み入れると、いよいよ緊張感が高まった。

今日は午前中だけ食堂を開けて、午後は臨時休業にした。そして、孝太と友絵は病院にやってきた。

表向きは英昭の見舞いだが、本当の目的は別にある。友絵が重大な秘密を打ち明けるつもりらしい。

すでに英昭の怪我はほぼ完治しており、今は体を休めるために療養中だ。驚く話が出ても問題はないはずだ。それにしても、友絵はどんな話をするつもりなのだろうか。

六人部屋の窓ぎわのベッドに英昭は横たわっている。

孝太と友絵が歩み寄っても気づくことなく、窓の外をぼんやり眺めていた。その横顔が、なぜかひどく淋しげに見えた。

「お父さん……」

友絵が小声で呼びかける。

表情がいつもより硬く感じたのは気のせいだろうか。もしかしたら、友絵も緊張しているのかもしれない。

「おおっ、来てくれたのか」

英昭はふたりの姿に気づくと、顔をほころばせる。先ほどまでの淋しげな感じは消えてなくなった。

「でも、明日には退院だぞ」

「どうしても話したいことがあって」

友絵はカーテンを閉めて、ほかのベッドからの視線を遮る。声は漏れるが、これで多少は話しやすくなった。

孝太と友絵は、窓ぎわにふたつ並べて置いてある丸椅子に腰かける。友絵が英昭の顔側、孝太は足側に座った。

「なんだ、あらたまって……さては驚かせるつもりだな」

英昭は笑い飛ばそうとするが、目の奥には真剣な光が宿っている。いつもと異なる雰囲気を感じ取っているのだろうか。

「お父さん……いえ、ヒデさん」

意を決したように友絵が唇を開く。なぜか父親のことを「ヒデさん」と呼び直した。

「じつはわたし、友絵ではないんです。本当の名前は、里崎菜穂《さとざきなほ》といいます」

そう言って下唇を小さく噛みしめる。そして、心を落ち着かせるように息を吐き出してから、再び語りはじめた。

「今までウソをついていて、ごめんなさい。ヒデさんのお嬢さんのフリをして、尾畑家に入りこんでいたんです」

いったい、なにを言っているのだろうか。

孝太はわけがわからず、友絵の横顔を見つめる。彼女は英昭の娘ではなく、菜穂という赤の他人だというのか。

英昭を見やると、仰向けで表情を変えることなく黙っている。目は天井に向いているが、焦点が合っていない。彼女の告白をどう思っているのだろうか。無表情で考えていることが読み取れなかった。

「どういうことか、全然わからないんですけど」

この重い雰囲気に耐えきれず、孝太は横から口を挟んだ。

「あなたは友絵さんじゃないんですか」

「ごめんなさい……菜穂です」

「ヒデさんの娘じゃないってことですか」

たたみかけるように質問する。菜穂と名乗った女性は、申しわけなさそうに頭をさげた。

「ごめんなさい……」

「謝られてもわかりませんよ。じゃあ、本物の友絵さんは……ヒデさんの娘さんはどこにいるんですか」

つい口調が荒くなってしまう。胸の奥にモヤモヤと苛立ちが燻っていた。

「ヒデさんの本当のお嬢さんは、もう……」

菜穂が一瞬、口ごもる。そして、横たわっている英昭に視線を向けた。

「わたしが説明してもよろしいでしょうか」

声をかけられても、英昭は答えない。聞こえているはずなのに、天井を向いたまま黙っている。

それを承諾と取ったのか、菜穂は孝太に向き直った。

「順を追って説明します」

やけに冷静な口調が腹立たしい。とにかく黙って聞くしかない。孝太は苛立ちを懸命に抑えて、彼女の話に耳を傾けた。

「わたしはある病院で看護師として働いていました。そこでヒデさんの息子さん、護さんと出会いました」

以前、菜穂は隣県の病院に勤めていたという。

そういえば、英昭の着がえを手伝っていたとき、この病院の看護師が彼女の手ぎわに感心していたのを思い出す。看護師だったのなら、患者の着がえの補助はお手のものだろう。

二年前、菜穂が勤めていた病院に護が入院した。すでに癌《がん》が全身に転移しており、手の施しようがない状態だったという。

「ヒデさん、報告が遅くなって、申しわけございません」

菜穂が深々と頭をさげる。英昭は答えないが、なにかをこらえるように目を強く閉じた。

「護さんは線が細くて、いつも本ばかり読んでいました」

再び菜穂が語りはじめる。

ある日、護の枕もとに中原中也の詩集が置いてあるのを見つけたという。菜穂も好きだったので、そこで会話の接点が生まれたらしい。しかし、護には日一日と死期が迫っている。それは変えようのない事実だった。

そういう特殊な状況も、ふたりの心に影響を与えたのかもしれない。互いに惹かれ合うのに、そう時間はかからなかった。

とはいえ、看護師と死期が迫っている末期癌患者の恋だ。会うのはいつも病室で、手を握るだけのプラトニックな関係だったという。

「仕事中、なにかと理由をつけて護さんの病室に行きました。師長には注意されましたけど、彼には残された時間があまりなくて……だから、できるだけたくさんお話がしたかったのです」

菜穂は感情を抑えこむようにして静かに語りつづける。

孝太はいつしか彼女の話に引きこまれていた。先ほどまでの怒りは小さくなっている。思いのほか深刻な話で、口を挟めなくなっていた。

英昭は相変わらず天井を見つめている。だが、寝ているわけではないので話は聞こえているはずだ。

「お休みの日は、ずっと病室にいて、いろいろなお話をしました。文学のこと、映画のこと、それに互いの家庭のことも……」

菜穂はそこで言葉を切ると、英昭をチラリと見る。しかし、英昭はまったく反応しなかった。

「護さんが六歳のとき、ご両親が離婚されたそうです」

菜穂は言いにくそうに切り出した。

二十八年前、両親が離婚した。護は父親に、妹の友絵は母親に引き取られたという。

「兄妹は離ればなれになり、一度も会うことはありませんでした。でも、別れた奥さんは再婚して、友絵さんは幸せに暮らしていたようです」

菜穂は再び英昭に視線を向ける。そして、しばらく見つめてから、意を決したように話しはじめた。

「四年前、不幸な事故で、友絵さんは――」

衝撃の事実だった。

すでに友絵は交通事故で亡くなっていた。ダンプカーに撥《は》ねられて即死だったという。

「そ、そんな……」

孝太は思わずつぶやいた。

尾畑家とかかわりをもって数日しか経っていない孝太でも、これほどの衝撃を受けているのだ。家族の心の傷は計り知れない。

さらに菜穂は語りつづける。

娘の死を知った英昭はショックで塞ぎこんだ。酒に逃げるようになり、護との関係もぎくしゃくしてしまう。それをきっかけに護は家を出て、文学を志したという。

「アルバイトで生計を立てて、詩を綴《つづ》る毎日だったそうです」

元来、体は弱かったが、ある日、吐血して病院に運ばれた。そこで菜穂との出会いがあった。

「半年でした……わたしたちが、いっしょにいることができた時間は、たったの半年しかありませんでした」

菜穂の声がわずかに震えた気がした。

当時を思い出して、悲しみがこみあげたのだろう。それでも、瞳を潤ませながら気丈に語りつづける。

一年半前、護は病室で息を引き取った。

菜穂が見守るなか、眠るように逝《い》ったという。護は最期の瞬間まで、父親のことを気にかけていた。仲違《なかたが》いしたことを、ずっと後悔していた。

「亡くなる直前、護さんはお父さんへの手紙をわたしに託しました。それなのにずっとお渡しすることができずにいました」

菜穂はハンドバッグのなかから、白い封筒を取り出した。

「遅くなって、申しわけございませんでした」

深々と頭をさげて謝罪する。

英昭は天井を向いたまま答えない。だが、見開いた目から涙が溢れて、こめかみを伝い落ちていた。

菜穂は封筒を枕もとにそっと置く。封筒には、いかにも繊細そうな文字で「お父さんへ」と記されていた。

「本当は一年前にお渡しするつもりでした……」

説明する声がだんだん小さくなっていく。

感情を抑えるのがむずかしくなってきたらしい。菜穂は顔をうつむかせて、それでも懸命に言葉を紡いだ。

一年半前、護が亡くなり、菜穂は病院を辞めることにした。

最初から救うことのできない命だった。それでも、無力さに打ちのめされたという。ただ弱っていくのを見ていることしかできない。それはとてもつらいことで、気づくと身も心も疲弊しきっていた。

仕事の引き継ぎなどがあり、実際に病院を去るまでは思いのほか時間がかかった。護が亡くなって半年後、菜穂は手紙を英昭に届けるためこの町に来た。すでにアパートも引き払っており、そのまま護の生まれ故郷に移り住むつもりだったという。

とはいえ、新居は決まっていない。無謀にもキャリーバッグひとつで、見知らぬ土地にやってきたのだ。

なにはさておき、あさがお食堂を訪ねた。

新居を探すより先に、護の手紙を渡したかったという。すると、英昭は菜穂をひと目見るなり涙を流した。

――友絵、帰ってきてくれたのか。

その言葉が菜穂の胸に突き刺さった。

英昭は娘を亡くしたショックから、まだ立ち直れずにいた。事実を受け入れることができず、年格好の近い菜穂を娘と思いこんだのだ。

そんな英昭に、娘はすでに亡くなっているとは言えなかった。ましてや息子まで他界したと伝えられるはずがない。なにひとつ本当のことを言えず、その場だけのつもりで友絵のフリをしてしまった。

英昭は張りきって料理を次々と出してくれた。ひとりで食べきれるはずのない量が、カウンターにずらりと並んだ。

そんなことをしているうちに、常連客がひとりふたりとやってくる。そのたびに、英昭はうれしそうに娘が帰ってきたと話した。ところが、近所の人も常連客も、母親に引き取られた友絵が亡くなったという噂を耳にしていた。当然、誰もが菜穂のことを訝った。

「みんな気づいているはずです、わたしが別人だって」

菜穂は淋しげな笑みを浮かべた。

しかし、別人とはいえ娘が帰ってきたことで、落ちこんでいた英昭が元気を取り戻した。久しぶりにいきいきしている英昭を見て、誰も本当のことを言えなくなってしまった。

さらに菜穂が、大量の料理を懸命に食べようとしている姿が、町の人たちの心に響いた。英昭を傷つけまいとする気持ちが伝わったのだ。

「そのとき、梶原さんに耳打ちされたんです」

菜穂は涙をこらえてつぶやいた。

——泊まるところがないなら、ヒデさんのところで世話になったらどうだ。

梶原はそう言ったという。

菜穂のキャリーバッグを見て、住まいがないと悟ったらしい。それだけではなく、人柄も見抜いていたのではないか。

(梶原さんが……)

孝太はあらためて感心する。

さすがは漁師仲間から慕われている人望のある男だ。人を見る目があるに違いない。自分のことも見抜かれている気がして少し怖くなった。

とにかく、菜穂はその日から、あさがお食堂の二階に住んでいる。

英昭は娘が帰ってきたと思いこんでいるので、菜穂がそのまま家に居つづけることに問題はない。いろいろな偶然が重なり、友絵のフリをつづけることになってしまった。

「最初は迷いました。申しわけないという気持ちも、ずっと持っていました。でも、ヒデさんの顔を見ると、どうしても本当のことを言えなくて……」

菜穂は苦しげにつぶやいた。

あさがお食堂の手伝いをしているうちに、あっという間に一年が経ってしまった。菜穂自身、護のことを忘れられずにいたため、面影がある家から離れがたかった。

そういった事情もあり、すっかり居ついてしまったのだ。

今では町の人たちにも完全に受け入れられている。当初は懐疑的だった人たちもいたが、友絵を必死に演じる菜穂の姿を見ているうちに、いつしか打ち解けたという。

「わたし、ずっとウソをついていました……ごめんなさい」

菜穂はあらためて謝罪すると、はらはらと涙を流した。

「ヒデさんのためだと思っていたけど、結局は自分のためだったのかもしれません。護さんが生まれ育ったこの町も、家も、彼の匂いが残る部屋も、このまま変わってほしくないと願っていました」

声が消え入りそうなほど小さくなっていた。

そんな彼女を見ているのがつらかった。しかし、途中で逃げ出すわけにはいかない。彼女の話を聞くと約束したのだ。

(きっと、菜穂さんも……)

愛する人を失った悲しみから立ち直れていなかったのだろう。

でも、頭ではわかっていたはずだ。偽りの生活は長くつづかない。いつか必ず終わりが訪れる。そのとき、すべてが崩れ去ってしまう。わかっていながら、どうすることもできなかったのではないか。

「この生活が壊れてしまうことを恐れていました。ウソだらけでしたけど、幸せだったから……」

菜穂の視線が英昭に向けられる。

英昭は奥歯を食いしばり、唇を真一文字に結んで、声をこらえながら涙を流していた。

「そんなとき、孝太さんが現れました。ひと目見て、思いました。一年前の自分に似ていると……」

その言葉を聞いて納得する。

菜穂はすべてを捨てて、この町に来た。孝太もすべてを失い、放浪しているうちに流れ着いた。似た者どうしだったから、なにかを感じて彼女に惹かれたのかもしれない。

「そして、終わりが近づいているのを予感しました。わたしの気持ちが、護さんから孝太さんに移っていることに気づいてしまったから……」

菜穂はそう言って、再び涙をこぼした。

（まさか、そんな……）

意外な言葉にまたしても衝撃を受ける。

そんなことを思っていたとは知らなかった。互いのことを話さないまま、惹かれ合っていたことになる。多くを語らなくても、自然と伝わるものがあったのだろうか。

「この前の、隆也って人は誰なんですか」

孝太は静かに切り出した。

この際なので、すべての疑問を解消したい。突然、あさがお食堂に現れた隆也も、なにかにかかわっているのではないか。彼に会ったときの菜穂の反応は、明らかにおかしかった。

「あの方と会うのは、はじめてでした。でも、おそらく……」

菜穂はそこで言葉を切ると、それきり黙りこんだ。

ここまで明かしておきながら、今さら言いづらいことがあるのだろうか。なにを躊躇しているのか、わからなかった。

「いったい、あの人は——」

もう一度、尋ねようとしたとき、仰向けになっていた英昭が体を起こした。

ベッドの上で胡座《あぐら》をかくと、枕もとの封筒を手にして封を切る。そして、なかから白い便箋《びんせん》を取り出した。

「間違いない……護の字だ」

こみあげるものをこらえるように、英昭がぽつりとつぶやく。そして、便箋の文字を目で追った。

「護のやつ、自分が大変なときに……うっ、うぅっ」

突然、英昭が号泣する。亡き息子から手紙を読んで、心を激しくかき乱している。片手で涙を拭いながら、手紙を菜穂の目の前に突き出した。

「よろしいのですか」

菜穂は確認してから手紙をひろげる。そして、孝太にも見えるように身体をすっと寄せた。

「俺も、いいんですか」

英昭はうつむいて泣いている。話ができる状態ではないが、それでも小さく頷いてくれた。

菜穂と孝太は視線を交わすと、緊張しながら手紙を読みはじめた。

3

拝啓

お父さん、ご無沙汰しております。

お元気ですか。お体、悪くしていませんか。お酒を飲みすぎていませんか。お酒はほどほどに、ちゃんとご飯も食べてくださいね。

僕のほうは、残念ながら元気とはいえません。

この手紙をお父さんが目にするころ、もう、僕は空の彼方に旅立っているはずです。

申しわけございません。癌を患ってしまいました。

あっという間に転移して、僕の全身を蝕《むしば》んでいました。倒れて病院に運ばれたときは、すでに手遅れでした。なんとか抗ってみたものの、やはり病気には勝てそうにありません。

最近はこうしてペンを持つのもつらくなり、最期のときが迫っているのを感じます。

癌とは恐ろしいものです。

お忙しいと思いますが、一度、病院で人間ドックを受けてください。癌は死をもたらす病ですが、早期発見できれば対処のしようがあります。僕も受けておけばよかったと後悔しています。

でも、どうか悲しまないでください。

病院で素敵な女性に出会いました。神さまは僕を見捨てたわけではなかったののです。文学を愛する心やさしい女性です。白衣の天使というのは、本当にいるのですね。

里崎菜穂さんといいます。お父さんに紹介できないのが残念です。

菜穂さんがいるから、死の恐怖に耐えることができます。死が迫っていると思うと、やはり怖いです。もし、菜穂さんがいなければ、みっともなく取り乱していたでしょう。

菜穂さんのおかげで、僕は人間らしく、平穏のまま、最期の瞬間を迎えられると思います。

もし、菜穂さんに会うことがあったら、お礼を言ってもらえますか。

息子はあなたに出会えて幸せだったと。どうか、これからはあなたの人生を歩んでくださいと。

勝手に家を飛び出しておきながら、だらだらと生意気なことを書いて申しわけございません。

どうか、先立つ不孝をお許しください。

こんな台詞《せりふ》を手紙で伝える時点で、親不孝な息子ですね。でも、もう、お父さんに会いにいく体力も時間も残されていないようです。

お父さん、ありがとうございました。
そして、ごめんなさい。
僕はもうすぐ友絵のところに行きます。
どうか末永くお元気で。

さようなら。

護

4

「ま、護さん……」
菜穂がこらえきれずに嗚咽《おえつ》を漏らす。両手で口を覆って、大粒の涙をポロポロこぼした。

（この手紙を、死のまぎわに……）

孝太もこみあげるものがあり、奥歯をギリッと噛んだ。一瞬でも気を抜くと涙が溢れそうで、必死にこらえている。

手紙は何回かにわけて書かれたものらしい。前半と後半で、字の感じや筆圧がずいぶん変化している。最後のほうは、ずいぶん乱れており、病状の悪化が見て取れた。

「本当は、わかってたんだ……」

英昭が独りごとのようにつぶやいた。

「あんたが俺の娘じゃないって、わかっていながら……」

「ごめんなさい。わたしが最初にちゃんと否定していれば……」

菜穂が涙ながらに謝罪する。

「そうじゃねえ。あんたは悪くないんだ」

英昭も泣いている。

娘と息子を亡くして、さらに偽りの娘も失った。これほど残酷なことがあるだろうか。

孝太もいつしか涙を流していた。とてもではないが、こらえられない。誰も悪くないのに、みんなが罪悪感を抱えていた。

「友絵が死んだこともわかっていた。でも、俺は父親としてなんにもしてやれなかった。ガキのころに別れたっきりで……後悔に押しつぶされそうでよ。生きているって思いたかったんだ」

英昭は涙を拭うと、ベッドの上で正座をする。そして、深々と頭をさげて、額をシーツに擦りつけた。

「俺がウジウジしていたせいで、護やあんたにつらい思いをさせた。本当にすまなかった」

「そんな、ヒデさん、顔をあげてください」

慌てて菜穂が声をかけると、英昭は顔をゆっくりあげる。そして、菜穂の顔をまっすぐ見つめた。

「護は俺と違って頭のいい息子だったよ。菜穂さん、あいつを看取ってくれて、本当にありがとう」

「いえ、わたしは、なにもできませんでした」

「そんなことはない。こうして、あいつが手紙を書いたんだ。菜穂さんのおかげだよ」

英昭はそう言うと、天井を静かに見あげた。まるで空の彼方にいる護に報告しているようだ。

「あの……すみません」

申しわけないと思いながら、孝太は口を挟んだ。

「隆也っていう人は、結局、何者なんですか」

「別れた妻が再婚したんだが、その再婚相手との間にできた子だよ」

英昭がいやな顔をすることなく説明してくれる。

西沢隆也、二十五歳。父親は違うが、友絵の弟ということになる。七歳年下で現在は会社勤めをしているという。

「亡くなったはずの姉が、あさがお食堂で働いてるって噂を聞いたらしい。それで、気になって確かめに来たんだ」

「神社で待ち合わせしたんですか」

「いや、彼は店の前まで来たが、入りづらくてウロウロしてたんだ。そのとき俺が散歩に出かけたから、神社までついてきたんだな」

しかし、なかなか声をかけることができなかった。そして、神社の境内でようやく話しかけたらしい。

「あさがお食堂で働いている女は誰だって言われて、俺も突然だから慌てちまってな。つい自分の娘だって言い張ったんだ。別人だってことを認めたら、菜穂さんが出ていっちまうと思ったんだよ」

英昭はばつが悪そうに苦笑を漏らす。そして、うつむいている菜穂の顔をのぞきこんだ。

「悪かったな」

「いえ……うれしいです。そんなふうに思ってもらえて……」

菜穂の目から、また涙が溢れた。

「それで、怒った隆也に突き落とされたんですか」

いよいよ孝太は核心に迫る。

隆也を告発するとか、そういうことではない。ただ、あの日なにがあったのかを知りたかった。

「いやいや、そんなんじゃねえよ。ちょっと口論みたいにはなったけどな」

英昭が顔の前で手を振り、否定する。

実際は、隆也が明日また来ると告げて先に帰ったという。英昭はひどく動揺しており、帰りぎわに階段を踏みはずして転落した。

「別にあいつを庇う義理はない。単なる俺の不注意だよ」

「そういうことだったんですか」

真相がわかってほっとする。それと同時に、少し気が抜けた。

隆也はあさがお食堂で働いている女性のことを確認したいだけだった。そして翌日、食堂にやってきたところに孝太と菜穂が遭遇したのだ。

「あさがお食堂っていう名前はよ――」

英昭が遠い目をして語りはじめる。

「友絵のことを思ってつけたんだ」

以前は「潮騒《しおさい》食堂」という名前で営業していたという。

しかし、二十八年前に離婚して友絵に会えなくなり、淋しくなって店名を思いきって変えたという。

「どうして、あさがおなんですか」

「友絵がガキのころ、あさがおを育ててたんだよ、朝早起きして、水をやったりしてさ。それがかわいくて記憶に残ってたんだ」

当時を思い出したのか、英昭は微かな笑みを浮かべた。

あさがお食堂という店名には、娘に対する気持ちがこもっていた。だから、あんなに温かい店になったのではないか。

「いいお店ですよね」

菜穂の顔には柔らかい笑みが浮かんでいた。

「よかったら、ずっといてくれていいんだよ」

英昭が穏やかな声で提案する。

「もう、あんたは俺の娘みたいなもんなんだから」

「そんな、ご迷惑をおかけしたのに……」

「迷惑なんてかけちゃいないさ。むしろ、俺は菜穂さんに助けられたんだ。あんたが来なければ、まだ酒浸りだっただろうな」

英昭がしみじみと語る。

そういえば梶原も、以前の英昭は酒ばかり飲んでいたと話していた。きっと菜穂が来てから心が落ち着いたのだろう。

「でも、みなさんにもウソをついていたわけですし……」

「そんなこと、誰も気にするわけないって。そもそも、ほとんどの連中がわかってたんだ。見て見ぬフリをしていただけなんだよ。そんなことより、菜穂さんがいなくなったら、みんな淋しがるよ」

「そうでしょうか……」

「間違いないよ。とにかく、本気で考えておいてくれ」

英昭に強く言われて、菜穂はこっくり頷いた。

「孝太、おまえもだぞ」

「えっ……」

急に話を振られて、すぐに反応できない。意味がわからず、英昭の顔を見つめ返した。

「えっ、じゃないよ。どうせ行くところがないんだろ。このまま、うちで働いたらどうだ」

「い、いや、俺なんて……」

「行く当てはあるのか」

英昭の言葉が胸にズンッと応えた。

そう言われると困ってしまう。当て所もなく歩きつづけて、この町にたどり着いたのだ。またどこかに流されていくしかない。

「そのうち、いいところが見つかると思うんで」

「ここでは、ダメなのか」

「そういうわけじゃ……でも、ブラブラしていれば、いつか……そのうち……」

だんだん声が小さくなってしまう。

自分でもいい加減なことを言っていると思う。なんの目標もない男が、その場かぎりの適当なことを言っているだけだ。

「行き倒れにでもなったら、どうするつもりだ」

「い、いくらなんでも……」

「おまえがどこかで野垂れ死んだなんて聞いたら、寝覚めが悪いだろうが」

「俺だって、死ぬ気なんて……」

「わかるんだよ。俺も捨て鉢になっていた時期があるから、そういうやつは目を見ればわかるんだ」

重みのある言葉だった。

自分のことはなにも話していないのに、すべて見抜かれている気がした。孝太はなにも言い返せずに黙りこんだ。

「おまえは働きもんだから、いてくれると助かる。考えておいてくれ」

まさか、そんなことを言われるとは思いもしなかった。

英昭の言葉が心からうれしい。口を開くと涙がこぼれそうで、なにも言うことができなかった。

5

病室をあとにして、孝太は菜穂と並んで廊下を歩いている。

なにか話しかけるべきだと思うが、あまりにも衝撃的な話ばかりだった。慰めの言葉も、元気づける言葉も、まったく意味がない気がする。壮絶な経験をした彼女に、なにを言えばいいのかわからなかった。

チラリと横をみれば、菜穂は顔をわずかにうつむかせている。

しかし、思いのほか表情は暗くない。むしろ、すっきりしている気がする。もしかしたら、秘密を打ち明けたことで胸のつかえが取れたのではないか。勇気を出して告白した彼女が、ますます素敵に感じられた。

菜穂は秘密を抱えていたとはいえ、護や英昭のことを思っての行動だった。本人は罪悪感があったようだが、善意からはじまったことだ。

（でも、俺は……）

ふと自分の人生を振り返る。

誰かのためを思って行動したことがあっただろうか。

——結局は自分のためだったのかもしれません。

菜穂はそう言っていた。

しかし、彼女が英昭を助けたのは事実だ。おそらく、菜穂がいなければ、英昭は駄目になっていた。娘を失った悲しみから立ち直れなかった。護の死も受け入れられなかったに違いない。

そして、菜穂も英昭といっしょに暮らすことで、少しずつ心が癒されていたのではないか。誰かを本気で思うことで、自分自身も救われる。結局はそういうことなのかもしれない。

「菜穂さん……お話ししたいことが」

孝太は足をとめると、隣の菜穂に声をかけた。

「今度は俺の話を聞いてもらえませんか」

「はい。聞きたいです」

菜穂は柔らかい笑みを浮かべてくれる。

それだけで彼女のやさしさが伝わり、胸が熱くなった。またしても涙腺《るいせん》が緩みかけて、慌てて気持ちを引きしめる。今日は涙もろくなっている。気をつけないいと、すぐに泣いてしまいそうだ。

「この病室、空いているみたいです」

菜穂は孝太の背後にあるドアを見てつぶやいた。

そう言われてみると、確かにネームプレートに名前が入っていない。個室のようだが、今は空室になっているらしい。さすがに元看護師だけあって、目のつけどころが違う。

「ちょっとだけ、ここをお借りしましょう」

菜穂は廊下に人気がないのを確認すると、ドアを開けてさっと入る。孝太も慌てて入るとドアを閉めた。

そこはトイレと風呂もある個室で、一瞬、ビジネスホテルの一室かと思うような作りだ。しかし、よく見るとベッドは電動リクライニングで、枕もとにはナースコールのボタンもある。六人部屋とは雰囲気がまったく異なるが、病室に間違いなかった。

菜穂は病室の奥まで進み、窓の前で立ちどまった。

「ベッドに腰かけると、叱《しか》られちゃいますけど、あとで直しましょう」

そう言って、ベッドに腰かける。上着を脇に置くと、うながすような視線を孝太に向けた。

「知りたいです、孝太さんのこと」

「おもしろい話ではありませんよ」

孝太も彼女の隣に座る。すると、ベッドがギシッと微かに音を立てた。

「俺、旅をしているわけではないんです」

言葉を選びながら慎重に切り出す。

「岐阜の小さな町で生まれ育って――」

菜穂に嫌われたくないという思いがある。そのため、つい脚色したくなる気持ちを懸命に抑えて、事実だけを淡々と語った。

田舎が嫌いで、大学進学を機に上京したこと。しかし、挫折して自分が井のなかの蛙だと知ったこと。就職してもうまくいかずに転職をくり返したこと。それでも田舎には帰りたくなかったこと。

言葉にして自分の口から語ることで、気持ちが整理されていく気がした。

菜穂は口を挟むことなく、黙って聞いている。意外に思っているのか、それとも予想の範疇《はんちゅう》なのか。呆れているのか、興味を持っているのか、まったくわからなかった。

「結局、仕事を辞めて、アパートも引き払って……それが、夏になる前のことです。ときどき日雇いで働きながら、放浪していました」

「それで、あの日、この町に来たのですね」

「はい……正直、生きる気力を失っていました。つらい思いをなさってきた菜穂さんの前で言うことではありませんが……」

護の話を聞いたあとなので、自分の命を粗末にするような話はしづらい。しかし、取り繕ってしまうと本当のことが伝わらない。当時の気持ちや考えていたことを思い出して、正直に語った。

「あの夜、あさがお食堂に行かなかったら……菜穂さんに出会わなかったら、今ごろどうなっていたか、わかりません」

「そうですか……」

菜穂が静かにつぶやいた。そして、なにかを考えるように黙りこんだ。

無言の時間が息苦しい。次に菜穂が口を開いたとき、なにを言われるのか想像すると怖くなる。辛辣《しんらつ》な言葉をかけられたら、もう彼女の顔を見ることができなくなってしまうかもしれない。

「俺……今ごろになって、やっとわかったんです」

沈黙を嫌って、自分から話しはじめる。

「子供のころからちやほやされて、勘違いしていたんです。自分はできる男だと本気で思っていました。挫折しているくせに、ダメな自分を受け入れられなかった。メンツばかり気にするようになっていたんです」

しゃべっているうちに、とまらなくなってしまう。胸のうちでつかえていた感情が、一気に溢れ出る気がした。

「俺は神童なんかじゃない。東京に出たら凡人だった。俺くらいのやつは、東京ならいくらでもいる。頭ではわかっているのに、自分はすぐれた人間だと思いたかった。学生時代に自分と向き合えていれば、新たな道を模索できたのに、間抜けですよね」

「大丈夫……もう、大丈夫ですから、そんなにご自分のことをいじめないでください」

菜穂がとめてくれなければ、まだしゃべっていたかもしれない。自虐的になり、気づくと涙ぐんでいた。

「俺……なに言ってるんだろ」

「やっぱり、わたしたち似ていると思います」

いつしか菜穂の瞳も潤んでいる。

どうやら、共感してくれたらしい。菜穂も子供のころから優秀で、周囲から期待されていたという。東京の大学に進学することを勧められたが、看護師になるのが夢だった。

反対を押しきって地元の看護学校に進み、看護師になった。

ところが、護のことで心が折れて仕事を辞めた。反発して看護学校を選んだ手前、田舎に帰ることもできなかった。そんな事情もあり、護の面影を求めて、この町にやってきた。

「いろいろあったんですね」

「孝太さんも、大変でしたね」

ふたりは潤んだ瞳で見つめ合った。

流されて北陸まで来たが、地元の漁師たちに愛される食堂で、なにかを見つけた気がする。

「孝太さん、わたしと出会ってくれて、ありがとうございます」

「俺のほうこそ、俺なんかを気にかけてくれて、ありがとうございます」

彼女の手をそっと握る。すると、菜穂も握り返してくれた。ふたりの顔が自然と近づき、唇が重なった。

「ンっ……」

菜穂は睫毛を伏せて、顔を少し上向かせる。

孝太は両手で抱きしめると、舌で唇を割って口内に侵入させた。

「あふンっ……孝太さん」

くぐもった声で名前を呼んでくれる。すると、ますます気分が高まり、舌をからめて吸いあげた。

(俺、もう……)

熱い気持ちをとめられない。

いっときの感情ではないと確信している。彼女に出会ってから、ずっと同じことを考えていた。

唇を離すと、鼻先が触れる距離から彼女の瞳を見つめる。期待と不安が入りまじるなか、勇気を出して口を開いた。

「俺……菜穂さんが好きです」

ストレートな言葉をぶつけていく。

もっとお洒落《しゃれ》な告白ができたら素敵だと思う。ドラマティックな演出をすれば女性は喜ぶのではないか。しかし、不器用な自分にはこれしかできない。格好つけるのは苦手だった。

「なにも持っていませんが、菜穂さんを想う気持ちは誰にも負けません。お、俺と……お、おつき合いしてください」

言っている途中で顔が熱くなり、赤面しているのを自覚する。それでも、なんとか最後まで言いきった。

「うれしい……こちらこそ、よろしくお願いします」

菜穂は涙を流して頷いてくれる。

その瞬間、心がひとつになった気がした。喜びが胸を満たして、幸せな気持ちが全身にひろがっていく。

「菜穂さん……」

孝太は彼女の瞳を見つめて顔を寄せた。

「あっ、孝太さん」

菜穂は顔が近づくと、睫毛をそっと伏せていく。

再び唇を重ねれば、菜穂が両腕を孝太の首に巻きつける。互いに舌をからませて、唾液をねっとり交換した。相手の味を何度も確認することで、一体感が深まる気がした。

6

「ンンっ……孝太さん」

「菜穂さん、ぅむむっ」

見つめ合い、名前を呼んではキスをする。それをくり返すうちに、欲望がどんどんふくらんでしまう。

心だけではなく、身体もひとつになりたい。

そう思うのは自然なことだ。しかし、ここは病院のなかだということを忘れたわけではない。さすがにキス以上のことをするのは憚られる。

「帰りましょう。つづきは――ううッ」

孝太の言葉を遮り、菜穂の手がチノパンの股間に重なった。

「でも、硬くなってますよ」

瞳に膜がかかったようになり、頬が桜色に染まっている。

菜穂も興奮しているのは間違いない。何度も見ているので知っている。完全に欲望のスイッチが入った表情だ。こうなると、別人のように淫らになるのが、いつもの菜穂だった。

　ベルトを緩めてチノパンのボタンをはずすと、ファスナーをおろしていく。前が開かれて、大きなテントを張ったグレーのボクサーブリーフが露になる。ペニスの先端部分には、我慢汁の黒っぽい染みがひろがっていた。

「ほら、お汁まで出てるじゃないですか」

　菜穂はボクサーブリーフにも指をかける。そして、あっさり引きさげて、勃起したペニスを剝き出しにした。

「ああっ、すごいです」

　うっとりした声でつぶやくと、熱い視線をからませる。菜穂はハアハアと呼吸を乱して、今にもむしゃぶりつきそうな雰囲気になっていた。

「ま、まずくないですか。病院ですよ」

「この病院の個室は、だいたい空いているから大丈夫です」

「でも……」

「この時間に帰ったら、お店を開けないといけませんよ」

　菜穂の言葉ではっとする。

窓を見やれば、まだ午後の日が射していた。確かに、梶原たちが待っている気がする。店が繁盛するのは、もちろんいいことだ。でも、今は菜穂とひとつになりたくてたまらない。

「菜穂さん……」

この機会を逃したくなかった。

孝太も彼女のブラウスのボタンをはずして、前をはだけさせる。白いブラジャーに包まれた乳房が露になり、さらに気分が盛りあがった。

背中に手をまわしてホックをはずせば、双つの乳房がカップを弾き飛ばしてまろび出る。大きなプリンのように揺れており、甘い香りまで漂ってきた。孝太はたまらず乳首にむしゃぶりつき、舌を伸ばして舐めまわす。

「ああッ」

菜穂は色っぽい声を漏らしながら、指をペニスに巻きつける。軽くしごかれただけで、先端から透明な汁が溢れ出した。

「くうッ」

病室なので大きな声を出すわけにはいかない。もし、誰かに聞こえたら大変なことになってしまう。そのスリルがなおさら気分を盛りあげる。

「菜穂さんの乳首、硬くなってきましたよ」

「あンっ、そんなに舐められたら……あぁンっ」

菜穂は太幹に巻きつけた指をネチネチと動かして、焦れるような快感を送りこんでいる。亀頭は張りつめており、我慢汁がとまらなくなっていた。

「な、菜穂さん、俺……」

「わたしも……」

ふたりの気持ちは同じだ。

見つめ合ってささやき、菜穂のスカートのなかに手を滑りこませる。ストッキングとパンティを引きおろすと、靴を脱がして、つま先から抜き取った。

ここが病院だということを忘れたわけではない。覚えているからこそ、ふたりとも服を着たまま早急に交わろうとしていた。

「孝太さん……」

菜穂はベッドで仰向けになり、両膝を立てる。そして、顔をまっ赤に染めながら、自ら左右に開いていく。スカートがずりあがり、隠す物のなくなった股間が露になる。

「あぁっ、恥ずかしい……早く来てください」

欲情して求めているのに、決して羞恥を忘れない。唾液で濡れ光る乳首も、漆黒の陰毛も、濡れそぼった陰唇も、すべてをさらしながら涙ぐむほど恥じらっていた。

(菜穂さんも興奮してるんだ……)

そう思うと、ますます愛おしくなる。ペニスは鉄のように硬くなり、雄々しく反り返っていた。

「こんなに濡らして……そんなにほしかったんですか」

孝太は女体に覆いかぶさると、張りつめた亀頭を女陰に押し当てる。焦らしている余裕はなく、そのままズブズブと沈みこませた。

「はンンンッ、こ、これ……これがほしかったんです」

菜穂が声を抑えながら快楽の声を漏らす。

ペニスが突き刺さった衝撃で、大きな乳房がタプンッと揺れる。膣口がいきなり締まり、太幹をギリギリと絞りあげた。

「くううッ、き、きついっ」

孝太も懸命に声を抑えるが、なにしろ快感は最初から強烈だ。病院内だというスリルも相まって、なおさら感じてしまう。

「う、動きますよ」

とてもではないが、じっとしていられない。さっそく腰を振りはじめて、膣のなかをカリでゴリゴリ擦りあげた。

「ひンンッ、す、すご……はンンンッ」

菜穂の身体が抽送に合わせて跳ねまわる。白くて平らな下腹部が波打ち、ペニスをますます締めつけた。

「ううッ……そ、そんなに締められたら」

快感の波が押し寄せて、自然とピストンスピードがあがっていく。するとベッドがギシギシと軋んでしまう。廊下に聞こえるのではないかと思うと、胸に焦りがひろがっていく。

「お、音が……はンンッ」

菜穂もベッドの軋む音を気にしている。しかし、膣はますます締まっていた。

「興奮してるんですね。誰かにバレるかもしれないと思って、よけいに感じてるんですね」

「ああっ、言わないでください」

孝太が指摘すると、菜穂は眉をせつなげに歪めて泣きそうな顔になる。図星を指されて、なおさら女体の反応が激しくなった。

「くううッ、すごく締まってますよ」

「は、恥ずかしい……はあッ、こ、声、出ちゃいます」

ピストンが激しくなり、菜穂はこらえきれないとばかりに訴える。

孝太は顔を寄せると、キスで彼女の唇を塞いだ。もちろん、その間も腰は振っている。ペニスを猛烈に抜き挿しして、カリで膣壁を擦りあげた。

「はううッ、い、いいっ、あンンンッ」

キスをしたまま菜穂が喘ぐ。両手両足で孝太にしがみつき、股間をしゃくりあげながら感じている。

「うううッ、き、気持ちいいっ」

孝太も彼女の口内を舐めまわしながら快楽を訴える。射精欲が急激にふくらんで、決壊のときが迫っているのを意識した。

「あうッ、わ、わたしも、あううッ」

菜穂がくぐもった声を漏らして、身体をガクガクと震わせる。絶頂が迫っているのは間違いない。膣のなかも激しくうねり、無数の襞が太幹を思いきり絞りあげた。

「くおおッ、も、もうっ」

「そ、そんなに強く……はうううッ」

「うううッ、おうううッ」

腰を激しく打ちつけて、ペニスを深い場所まで送りこむ。欲望にまかせて高速で出し入れすれば、ついに絶頂の大波が轟音《ごうおん》を響かせて押し寄せた。

「で、出るっ、うううッ、出る出るっ、くうううううううッ！」

女体を強く抱きしめて、懸命に声を押し殺しながら射精する。ペニスが激しく跳ねまわり、大量のザーメンが勢いよく噴きあがった。

「あうううッ、い、いいっ、いいっ、はうううううッ！」

菜穂は歓喜の涙を流して、孝太の肩に噛みついた。そうやって喘ぎ声をこらえると、股間を突きあげながら昇りつめていく。

病院のなかというシチュエーションが、なおさら興奮を誘っている。ふたりはしっかり抱き合ったまま、目も眩《くら》むような快楽に酔いしれた。ペニスはまだ射精をつづけている。女体の痙攣も簡単には治まりそうになかった。

結合をといて身なりを整える。病院の関係者にバレないように、シーツをきれいに張り直した。

（俺は、どうすれば……）

ふと今後のことを考えてしまう。

明日からどうなるのかは、まだわからない。英昭は誘ってくれたが、本当にお世話になっていいのか悩んでいる。

菜穂はこの町に移り住んで一年も経っているので、自然に受け入れられると思う。しかし、孝太はまだまだよそ者だ。自分が居座ることで、反感を覚える人が現れるのではないか。

（俺は、ここにいてはいけない人間なんじゃ……）

どうしても、そういう考えに至ってしまう。

心のなかで葛藤していると、菜穂がそっと口づけしてくれる。そして、なにも語らず、孝太の手を取り、病室をあとにした。

第五章　風呂場で熱く抱き合えば

1

英昭が退院して四日が経っていた。

徐々に体を慣らして、昨日からフルで厨房に立っている。

英昭が戻ったことで、秘伝の出し汁を使った鯛ままが復活した。しかし、みんなが頼むので、すぐ品切れになってしまった。

孝太も菜穂も働いている。

午後になり、隆也もやってきた。事情を説明すると納得してくれて、今日のサプライズパーティに参加してくれた。

じつは午後から英昭の退院祝いを開くことになったのだ。梶原を中心とした常連客が企画してくれた。漁師たちが立派な舟盛りを用意して、近所の人たちが地酒の一升瓶を抱えてやってきた。

「なんだ、なんだ。今日はやけに騒がしいな」

厨房に立っていた英昭が、ようやく異変に気がついた。

「ヒデさん、退院おめでとうっ」

梶原の音頭で、ついに退院祝いサプライズパーティの開幕だ。まずは生ビールで乾杯をする。

目をまるくしていた英昭も、ようやく事態を呑みこんで、心底うれしそうに笑った。

「なんか悪いね。自分の不注意で怪我をしただけなのに」

「ヒデさんがいないと、俺たちは困るんだ。気をつけてくれよな」

梶原はそう言いながらもご機嫌で、日本酒を飲みはじめる。いつものカップ酒ではなく、今日は地酒の純米大吟醸だ。

みんな楽しそうに笑っている。

今日はいい日だ。孝太はあさがお食堂の店内を見まわして、毎日こんな日がつづけばいいのにと本気で思った。

「ぼんやりして、どうしたんですか」

菜穂がからかうように言いながら隣に立つ。手には日本酒の入ったグラスを持っていた。

「なんか、すごくいい日だなと思って……」

「そうですね。今日からはじまるんですね」

きっと菜穂も同じ気持ちなのだろう。孝太の言葉を受けて、噛みしめるようにつぶやいた。

病院での告白から四日が経ち、ふたりとも悩みに悩んだ。そして今朝、ふたりは英昭に思いを伝えた。

菜穂はここに住みながら、町の病院で看護師として復帰することになった。すでに病院側とも話をしており、就職が決まっている。時間があるときは店の手伝いもすることになっている。

孝太もここに残り、本格的に英昭のもとで修行を積むことになった。とはいっても、料理は未経験だ。まずは弟子見習いという形でのスタートだ。いずれは秘伝の出し汁の作り方を伝授してもらうのが目標だが、かなりの時間がかかるだろう。それでも、決してあきらめるつもりはない。

「先日はお騒がせして、申しわけございませんでした」

隆也がやってきて、孝太と菜穂に頭をさげる。

電話やメールでも謝罪は受けているので、すでに孝太のなかでは終わったことになっていた。あらためて頭をさげられても困ってしまう。

「もう、いいんだよ。隆也くんの事情はわかったから」

孝太が声をかけると、隆也は再び頭をさげる。

「事前に連絡をしてから会いに来るべきでした」

「わたしが驚かせてしまったのよね。ごめんなさい」

菜穂が謝れば、隆也は慌てて首を左右に振った。

「いえ、僕はただ姉の名を語る理由を知りたかっただけです。きっと感じ悪かったですよね。すみませんでした」

最後にもう一度、頭を深々とさげて、隆也は自分の席へと戻っていく。彼のうしろ姿を見つめながら、孝太はふと思った。

「お姉さんの死を受け入れられなかったんじゃないかな」

だから、ついつい感情的になり、誤解を生んでしまったのではないか。今回の件は、彼にとっては不愉快だったと思う。だが、結果として現実を受けとめる機会になった気がする。

「きっと、お姉さんのことが大好きだったんだろうな」

「わたしも、そう思います」

菜穂が穏やかな声で同意してくれる。

考え方やものごとの捉えかたが似ているので、いっしょにいて楽だった。ことで、細かく説明しなくても、孝太の気持ちをすぐに理解してくれる。近くにいるだけで、とても心が安らいだ。

「ふたりとも、ありがとう」

野太い声は英昭だ。

振り返ると、ふらふらと近づいてくる。早くも顔がまっ赤に染まり、足もとが怪しい。梶原たちにずいぶん飲まされたようだ。

「だいぶ、ご機嫌ですね」

「こんなに飲むのは久しぶりだ。護が生きていたら怒られてたな」

英昭はそう言って豪快に笑う。

今では、護や友絵の話を普通にできるようになっている。悲しみが消えることはなくても、子供たちの死を受け入れることができたようだ。英昭もまた、新たな一歩を踏み出していた。

「これから、よろしく頼んだぞ」

英昭に肩をバシッとたたかれる。孝太は思わず顔をしかめて笑った。

「はい、よろしくお願いします」

「わたしも、できるだけお手伝いします」

菜穂も満面の笑みを浮かべている。

三人は視線を交わすと、あらためて日本酒で乾杯した。

この田舎の港町で、新しい生活がはじまる。中心にあさがお食堂があるのは変わらない。これからのことが楽しみでならなかった。

2

さんざん飲んで食べて、宴《うたげ》はお開きとなった。

千鳥足で帰っていく者もいれば、店で寝てしまった者もいる。そんななか、隆也だけは最後まで冷静だった。

「今度は普通にご飯を食べに来ます」

そう言って笑顔を見せる。

「待ってるよ。ヒデさんの鯛まま、ぜひ食べてもらいたいな」

「いつでも気軽に来てくださいね」

孝太と菜穂が声をかけると、隆也はうれしそうに何度も頷いた。

隆也が帰り、孝太と菜穂は酔いつぶれている人たちに毛布をかけてまわる。ストーブがついているとはいえ、そのままでは風邪を引いてしまう。北陸の夜はとにかく寒い。

英昭もカウンターに突っ伏して鼾《いびき》をかいていた。

ふたりがかりで両側から肩を支えて、なんとか二階の部屋に運んだ。ベッドに横たえて寝かしつけたが、ふたりとも汗だくになってしまった。

「さすがに重いな」

孝太は膝に手をついて、大きく息を吐き出した。

「そうですね。健康のためにもダイエットしてもらわないと」

菜穂もそう言って笑う。

額に汗がじんわり滲んでおり、前髪が数本貼りついている。それが妙に艶めかしく映って、孝太は慌てて視線をそらした。すると、今度は白いブラウスの胸もとが目に入った。

何度も見ているのに、いや、何度も見ているからこそ、たっぷりした乳房がリアルに思い浮かんでしまう。新雪のように白い肌と桜色の乳首が、目の前をチラついている。

酔っているせいか、妄想が急激にふくらんでいく。

触りたくて仕方がない。あの大きな乳房を揉みあげて、ぷっくりした乳首にむしゃぶりつきたい。

しかし、セックスのことばかり考えていると思われたくない。実際はすぐに考えてしまうのだが、彼女の前では少しくらい格好つけたい。節度のある男のフリをしたい。

「どうかしましたか」

ふいに菜穂が尋ねて顔をのぞきこんだ。

「い、いえ、別に……」

孝太はとっさにごまかすが、菜穂は楽しげに笑っている。

もしかしたら、孝太が欲情していることに気づいたのかもしれない。こちらの気持ちをすぐにくみ取ってくれるのは楽だが、こういうときは困ってしまう。彼女に隠しごとはできそうになかった。

「お風呂に入りませんか」

「ふ、風呂ですか」

「だって、汗をかいたでしょう」

菜穂の言うとおりだ。確かにふたりとも汗をかいている。一瞬、淫らなことを考えてしまった。

「そうですね。汗を流して、すっきりしてから寝ましょう」

孝太は気を取り直して答えるが、胸の鼓動は速くなったままだった。

3

「お風呂、沸きましたよ。お先にどうぞ」

菜穂に声をかけられて内心がっかりする。

てっきりいっしょに入るのだと思っていた。しかし、孝太は落胆を顔に出すことなく、眺めていたテレビを消して立ちあがった。

「では、お先に」

さっそく脱衣所に向かうと服を脱ぐ。曇りガラスがはめこまれた木製の引き戸を開けて、風呂場に足を踏み入れた。

最初は懐かしく感じた木製の風呂も、今ではすっかりなじんでいる。ユニットバスの冷たい感じとは違って、木の温かみがたまらない。心までリラックスできる気がして好きだ。

木製の風呂椅子に座り、手桶《ておけ》で浴槽の湯をすくって体にかける。そして、石鹸に手を伸ばそうとしたとき、いきなり引き戸が開いた。

「えっ……な、菜穂さん」

驚いて振り返ると、裸体に白いタオルを巻きつけた菜穂の姿があった。

「ごいっしょさせていただいても、よろしいですか」

頬をほんのり染めて、照れ笑いを浮かべている。そんな菜穂が、年上だが、かわいくて仕方がない。

「もちろんです。いっしょに入りましょう」

一気にテンションがあがり、期待もふくらんでいく。

菜穂は髪を後頭部で結いあげており、巻きつけたタオルの縁が乳房にめりこんでいる。プニュッと柔らかくひしゃげているのが、牡の欲望を刺激した。

しかも、タオルの裾はミニスカートのようになっている。太腿がつけ根近くまで大胆に露出しているが、股間は見えそうで見えない。下からのぞきこみたい衝動をこらえるのがつらかった。

「あんまり見ないでください……」

菜穂が頬を淡いピンク色に染めてつぶやいた。

「どうしてですか、こんなにきれいなのに」

孝太がそう言うと、頬だけではなく、耳までまっ赤になる。そして、腰を右に左にくねらせた。

「恥ずかしいです……」

早くも菜穂の瞳はねっとり潤んでいる。

羞恥を感じると、興奮するらしい。自分でもそれをわかっていて、こんな格好をしている節がある。恥ずかしい姿をわざと孝太の前でさらして、自ら昂っていくのだ。

「ああっ、孝太さん」

菜穂は高揚した声でつぶやくと、孝太の背後でひざまずく。そして、我慢できないとばかりに、孝太の背中に頬を押し当てた。

「そんなに息を乱して、どうしたんですか」

わかっているのに、とぼけて質問する。そうすることで、菜穂の羞恥心をさら

手を、孝太の背中にそっと押し当てた。

「い、いえ……お背中を流しますね」

菜穂は石鹸を取ると、手のひらで泡立てはじめる。そして、泡だらけになった手を、孝太の背中にそっと押し当てた。

いきなり、ヌルッという感触がひろがり、欲望が刺激される。菜穂の手つきは意味深だ。肩胛骨《けんこうこつ》のあたりで円を描くように大きく動いたと思ったら、今度は指先で背すじをツツーッと上下に擦りあげる。

そんな繊細なタッチが、孝太の興奮を煽っていく。まだ触れていないのにペニスが充血して、頭をむくむくともたげる。背中を撫でられただけで、亀頭はパンパンに張りつめていた。

「ううっ……」

思わず小さな声が漏れてしまう。すると、菜穂がすかさず両手を腋《わき》の下に滑りこませる。

「ここも汗をかいていますよね。しっかり洗わないと」

そう言いながら、敏感な部分を撫でまわす。腋の下に泡を塗りつけては、細い指でくすぐった。

「くううッ、そ、そこは大丈夫です」

孝太が慌てて訴えると、彼女の両手は腋の下を通り抜けて、体の前にまわりこむ。そして、胸板をねちっこく撫ではじめた。

泡だらけの手のひらが這いまわる。指先がときおり乳首をかすめるたび、体がビクッと反応してしまう。羞恥と快感がまざり合って押し寄せる。ペニスはますます硬くなって、隆々とそそり勃った。

「気持ちいいですか」

菜穂が耳もとでささやく声もたまらない。熱い息を耳の穴に吹きこまれて、ゾクゾクするような感覚がひろがった。

「あれ……」

そのとき、異変に気がついた。

背中に触れている彼女の身体がやけに生々しい。先ほどまでタオルを巻いていたはずだが、いつの間にか取り去っていた。

「このほうが気持ちいいと思って……いかがですか」

菜穂は双つの乳房を意識的に押し当てて、全身を使って擦りつける。柔らかい乳房に泡が付着することで、蕩けるような感触になっていた。ゆったりとした動きが、牡の興奮をかき立てていく。

「おおっ、気持ちいいですよ」

素直に感想を告げると、菜穂の動きはさらに大胆になる。胸板にまわしていた両手を、下へ下へと滑らせていく。腹を撫でたと思うと、そのまま指先が陰毛に到達する。

「ここも、汗をかいてますか」

耳もとでささやき、指先で太幹の根元をなぞられる。焦らすような動きがたまらず、屹立したペニスがヒクヒク揺れる。尿道口から我慢汁が染み出して、それが亀頭全体にひろがった。

「ねえ、ここも洗ったほうがいいですよね」

「は、はい、お、お願いします」

触ってほしくて、つい口走ってしまう。

「ふふっ……」

背後で笑う声がする。その直後、菜穂の指が太幹にからみついた。

「ううぅッ」

孝太の呻き声が風呂場に反響する。

恥ずかしくなるが、声を抑えることはできない。石鹸の泡が付着した指で太幹をヌルヌルとしごかれて、得も言われぬ快感が押し寄せた。

「すごいです。どんどん硬くなって……あぁっ」

ペニスに触れたことで、菜穂も興奮しているらしい。甘い声を漏らしながら指をスライドさせて、太幹の硬い感触を楽しんでいる。ときおり、キュッと締めつけるのも強烈な快感だ。

「そ、そんなにされたら……」

「出ちゃいそうですか」

そんな菜穂のささやきも刺激になる。言葉で愛撫されているようで、ペニスに受ける快感が倍増した。

「ほ、本当に……くううッ」

「あぁっ、すごいです。こんなに硬くて熱くて、素敵です」

手の動きが速くなる。男を追いつめる容赦のない動きだ。太幹をヌルヌルとしごいて、敏感なカリも擦りあげた。

「くううッ、ちょ、ちょっと待って……」

「イキそうなんですね。イッていいですよ」

「うぅッ……ううぅッ」

風呂椅子に座った状態で、呻き声を漏らしつづける。

耳を舐められて、手筒でペニスを刺激されるのがたまらない。菜穂の声すら愛撫になり、快感が一気にふくれあがった。

「くおおおおッ、も、もうダメだっ」

「ああっ、出して、いっぱい出してください」

「おおおッ、で、出るっ、おおおおおッ、出る出るぅっ！」

ついにペニスの先端から白濁液が噴きあがる。菜穂の手でしごかれながらの射精だ。

「ああっ、出てる、オチ×チンがビクビクって、あああっ」

菜穂が昂った声をあげて、なおもペニスをねちっこく擦りあげる。

彼女の声を聞くことで、快感がさらに加速していく。頭のなかが痺《しび》れて、腰の痙攣がとまらない。大量に飛び出したザーメンが白い放物線を描き、風呂場の木製の壁にベチャベチャと付着した。

「こんなにたくさん……ああっ」

菜穂はペニスをしっかり握ったまま、艶めいた声を漏らす。

孝太を射精に導いたことで、自分も昂っているのは間違いない。ペニスを萎えさせまいと、さっそくしごきはじめていた。

4

「今度は俺の番ですよ」

孝太は立ちあがると、菜穂と場所を入れかえる。そして、彼女を風呂椅子に座らせた。

「なにをするつもりですか」

「決まってるじゃないですか。お返しですよ。今度は俺が菜穂さんの背中を流してあげますね」

孝太は石鹼を手に取ると、よく泡立てる。

「すごく気持ちよかったですよ。だから、菜穂さんもいっぱい気持ちよくなってくださいね」

手のひらを白い肩にそっと重ねる。そこから背中を撫でおろして、指先で背すじを刺激した。

「はあンっ、こ、孝太さん……」

菜穂は甘い声をあげると、濡れた瞳で振り返る。

快楽を欲しているのは間違いない。いちいち言葉にしなくても、彼女の気持ちは伝わっている。

「わかりますよ。こうしてほしいんですよね」

両手を腋の下に滑りこませる。

「あああッ、そ、そこは……」

とたんに菜穂の唇から嬌声がほとばしった。

腋の下はとくに敏感で、肩をすくめて全身を震わせる。だから、孝太はますますいじめたくなり、指先で執拗にくすぐった。

「ああッ、ダ、ダメですっ、そこばっかり、あああッ」

菜穂の声がどんどん大きくなってくる。

孝太は自分がされて気持ちよかったように、両手を前にまわしこみ、双つの乳房を撫ではじめる。手のひらで乳首を擦りながら、ときおり柔肉に指を沈みこませて刺激した。

「あンっ……ああン」

菜穂はすぐに喘ぎはじめる。

期待がふくらんでおり、ちょっとの愛撫でも反応する状態だ。指先で身体を軽く撫でるだけで、ビクビクと震えるほど感じている。

「気持ちいいんですね」

耳もとで声をかけながら、指先で双つの乳首を摘まみあげる。すると、菜穂の身体が仰け反り、いっそう激しく痙攣した。

「はううッ、い、いいっ」

今にも達しそうな喘ぎ声だ。

女体はさらなる刺激を求めているに違いない。孝太は躊躇することなく、乳房を愛撫していた右手を下半身へと滑らせる。そして、恥丘に手のひらを重ねると、中指を内腿の隙間に押しこんだ。

「ひあああッ」

その瞬間、菜穂の唇から金属的な喘ぎ声がほとばしった。

指先が小さな突起に触れている。どうやら、クリトリスらしい。いきなり敏感な場所を刺激して、女体が激しく反応した。

「そ、そこは……」

「ここがいいんですね」

孝太は意識的にクリトリスを刺激する。

石鹸の泡は流れてしまったが、大量の愛蜜で洪水のような状態だ。石鹸を追加する必要はなく、指先で愛蜜をすくいあげてはクリトリスに塗りつける。ヌルヌルと擦れば、さらなる愛蜜が溢れ出した。

「ああッ、そ、そこっ、あああッ」

菜穂が激しく反応する。

クリトリスは硬く充血して、ますます感度を増していく。そこを執拗に刺激することで、彼女は絶頂の急坂を昇りはじめた。

「も、もうっ、あああああッ、もうダメですっ」

「なにがダメなんですか」

左手では乳首、右手ではクリトリスを摘まんで、二カ所を同時に刺激した。

「はあああッ、か、感じすぎて、あああああッ」

「もっと感じていいんですよ。イキたかったら、いつでもイッていいですよ」

耳たぶを甘嚙みしてささやけば、女体の震えが大きくなる。孝太はここぞとばかりに、乳首とクリトリスをキュウッと摘まんだ。

「あああぁッ、い、いいっ、イクッ、イクイクッ、イックうううッ！」

菜穂があられもない嬌声を振りまき、凄まじい絶頂に昇りつめていく。内腿を強く閉じて孝太の手を挟みこみ、前屈みになって凍えたように全身をガクガクと震わせた。

（や、やった……菜穂さんをイカせたんだ）

達成感が胸にひろがり、孝太の欲望も再びふくれあがる。

ペニスは硬く勃起したままだ。一刻も早く、菜穂とつながりたい。思いきり腰を振り合って快楽を共有したい。身も心もひとつになり、蕩けるような快楽に浸りたかった。

5

「俺、もう我慢できません」

孝太は板張りの風呂の床で胡座をかくと、絶頂直後でぐったりしている菜穂を誘導して、自分の股間に乗せあげた。

「な、なにをするんですか」

「この格好でひとつになりたいんです」

天に向かって屹立しているペニスを、真下から彼女の膣口に押し当てる。そして、女体を引きおろすようにして、亀頭を沈みこませた。

「あああッ」

昇りつめた直後なので敏感になっている。亀頭が入った瞬間、膣口がキュウッと締まるのがわかった。

「くうぅッ、や、やっぱり、すごいっ」

くびれた腰をつかみ、さらに女体を引きさげる。

やがて菜穂は完全に座りこむ形になり、そそり勃ったペニスが根元まですべて収まった。

「あうぅッ、ふ、深いです」

菜穂は眉を八の字に歪めて訴える。

自分の体重が股間にかかるため、ペニスがより深い場所まで入りこむ。亀頭が膣道の奥まで到達して、菜穂は唇を開いて顔を上向かせた。

対面座位でつながったのだ。股間から下腹部、それに乳房と胸板も密着している。菜穂の内腿が孝太の腰を挟みこむのも刺激になっていた。触れている部分が多いため、一体感の深まる体位だ。

「菜穂さん、俺たちひとつになってるんですね」

興奮にまかせて語りかけると、菜穂はうんうんと何度も頷いた。

「わたしたち、ひとつに……う、うれしいです」

感激のあまり瞳から涙が溢れ出す。菜穂が泣いてくれるから、孝太の感動も大きくなった。

交わるたびに悦《よろこ》びが深くなる。

愛しく思う気持ちが、快感を大きくしているに違いない。抱き合ってキスをする。どちらからともなく舌をからめて、互いの唾液を味わった。相手の口内を舐めまわしては、舌をやさしく吸いあげた。

愛しくて愛しくて、自然と涙が溢れてしまう。

人は悲しいときにだけ泣くのではない。幸せを感じて泣くこともある。孝太は菜穂と出会い、そのことを知った。人生に絶望して流れ着いた町で、最高の幸せと悦びを知ったのだ。

「ああっ、孝太さん」

「菜穂さん……」

見つめ合って名前を呼べば、胸に熱いものがこみあげる。

菜穂が思わずといった感じで腰をよじらせて、結合部分からクチュッという湿った音が響きわたった。

「はンンっ……ま、まだダメです」

「ううっ、も、もう少し、このままで……」

ふたりは身も心もひとつになっている。

ずっとこのままでいたいが、欲望もふくれあがっている。腰を振れば快楽を得られるが、終わりのときが来てしまう。だから、ギリギリまで腰を振らず、こうして見つめ合っていた。

これから先、つき合っていればセックスは何回でもできる。しかし、今この時間が愛おしかった。

「わ、わたし……も、もう……」

「お、俺も……う、動きたい」

ふたりの欲望に限界が近づいている。思いきり腰を振りたい。そして、愛する人と快楽を共有したい。

先に動いたのは孝太だ。真下から股間を突きあげて、ペニスをグイッとえぐりこませた。

「あううッ、い、いいっ」

「おおおッ、し、締まるっ」

たった一撃で、凄まじい快感がひろがった。

愛蜜が大量に分泌されて、我慢汁がどっと溢れる。ふたりの体液がまざり合うことでヌルヌル滑り、欲望と興奮に火がついた。

「ううッ、菜穂さんっ、くううッ」

孝太は猛烈な勢いでペニスを突きあげる。もう、これ以上は我慢できない。欲望のままに力強く女壺をかきまわす。

「あああッ、は、激しいですっ」

菜穂が喘ぎながら股間をしゃくりあげる。孝太の首にしがみつき、身体を密着させた状態で、股間だけクイクイと動かすのだ。深く埋まっているペニスを思いきり絞りあげていた。

「ああッ、いいっ、気持ちいいです」

「くううッ、俺も気持ちいいです」

対面座位でつながり、息を合わせて腰を振る。ふたりの動きが一致することで、愉悦はさらに大きなものへと変化していく。

「ああああッ、も、もう、わたし……」

「お、俺も……くううッ」

急激に絶頂が迫っている。ふたりは腰を激しく振りながら、最後の瞬間を予感していた。

全力で腰を振りまくり、ペニスを勢いよく突きあげる。女壺のなかをかきまわして、亀頭で子宮口をたたきまくった。

「ひあああッ、イ、イクッ、イキますッ、はあああああああッ！」

ついに菜穂がアクメのよがり泣きを響かせる。孝太の体にしがみつき、昇りつめながら股間をいっそう強くしゃくりあげた。

「くおおおッ、で、出るっ、出る出るっ、ぬおおおおおおおッ！」

孝太も雄叫びをあげて、ザーメンを勢いよく放出する。二度目だというのに驚くほど大量だ。菜穂が相手なら、何度もで出せる気がする。これが愛の力なのだろうか。

ふたりは対面座位で抱き合って快楽を共有しながら、口づけを交わして舌をからませた。こうして舌を吸い合うことで、オルガスムスがより深いものになる気がした。

6

ふたりは湯船に浸かっている。

孝太の脚の間に菜穂が座り、胸板に背中を預ける格好だ。孝太は両腕を彼女の身体にそっとまわしていた。

「わたし、幸せです」

菜穂は孝太の腕にそっと触れると、小さな声でつぶやく。

セックスのときは情熱的だが、終われば打って変わってしおらしくなる。そんな彼女のギャップもまた魅力だ。

「俺も、菜穂さんと出会えて幸せです」

言葉にすると照れくさいが、それはまぎれもない本心だ。

この幸せを逃したくない。菜穂とずっといっしょにいたい。そう思うほど、心の片隅にずっとある懸念が大きくなる。

「今度、実家に帰ってみようと思うんです」

悩んだすえに切り出した。

「ご実家に……」

「両親に今の状況を伝えておきたいんです」

これまでは実家を避けてきた。転職をくり返しても、あとのほうは報告していなかった。父親にいろいろ言われるのがいやでたまらなかった。

「心境の変化があったのですね」

菜穂の声は穏やかだ。

孝太が両親と不仲なのを知っているので、もっと驚くと思った。だから、その反応は意外だった。

「驚かないんですか」

「孝太さんが決めたことですから、きっと考えたすえのことなのですよね」

「はい……たくさん考えました」

確かに、思いつきで言ったわけではない。前から考えていたことだ。またしても菜穂に見抜かれていたらしい。

「しっかりしないといけないと思ったんです」

「どうして、急に……」

「大切な人ができましたから。俺だって、いつまでもブラブラしているわけにはいきません」

孝太がきっぱり言うと、菜穂はくすぐったそうに笑った。

「それって、もしかして……」

「もちろん、菜穂さんのことです」

そこで言葉を切り、気持ちを整えるために小さく息を吐き出した。

これから言おうとしていることは、菜穂にも見抜かれていないはずだ。孝太は意を決して口を開いた。

「よかったら、菜穂さんもいっしょに来てほしいんです」

「えっ……」

菜穂が驚いた声をあげて振り返る。そして、真意を探るように、孝太の目をじっと見つめた。

「紹介したいんです。俺の大切な人を両親に紹介したい」

「孝太さん……」

菜穂の瞳に涙が盛りあがり、ついには溢れて頬を流れ落ちていく。

「来てくれますね」

「はい、よろしくお願いします」

菜穂は素敵な女性だ。胸を張って紹介できる。

(でも、俺は……)

父親が理想とする息子には、ほど遠い。だが、昔よりも今のほうが、ずっと充実した生活を送っている。

だから、堂々と帰るつもりだ。大嫌いだった田舎のあの町に……。

＊この作品は、イースト・プレス悦文庫のために書き下ろされました。

※この物語はフィクションです。同一名称の固有名詞等があった場合でも、実在する人物や団体とは一切関係ありません。

イースト・プレス
悦文庫

秘密のお部屋

葉《は》月《づき》奏《そう》太《た》

2022年11月22日　第1刷発行

企　画　松村由貴(大航海)

発行人　永田和泉
発行所　株式会社　イースト・プレス

〒101-0051
東京都千代田区神田神保町2-4-7　久月神田ビル
電　話　03-5213-4700
FAX　03-5213-4701
https://www.eastpress.co.jp

印刷製本　中央精版印刷株式会社
ブックデザイン　後田泰輔(desmo)

ISBN978-4-7816-2143-2 C0193